唯物

蔣浩詩選

蔣浩
著

《中國當代詩典》第一輯　總序

朝向漢語的邊陲

楊小濱

中國當代詩的發展可以看作是朝向漢語每一處邊界的勇猛推進，而它的起源也可以追溯出頗為複雜的線索。1960年代中後期張鶴慈（北京，1943-）和陳建華（上海，1948-）等人的詩作已經在相當程度上改變了主流詩歌的修辭樣式。如果說張鶴慈還帶有浪漫主義的餘韻，陳建華的詩受到波德萊爾的啟發，可以說是當代詩中最早出現的現代主義作品，但這些作品的閱讀範圍當時只在極小的朋友圈子內，直到1990年代才廣為流傳。1970年代初的北京，出現了更具衝擊力的當代詩寫作：根子（1951-）以極端的現代主義姿態面對一個幻滅而絕望的世界，而多多（1951-）詩中對時代的觀察和體驗也遠遠超越了同時代詩人的視野，成為中國當代詩史上的靈魂人物。

對我來說，當代詩的概念，大致可以理解為對朦朧詩的銜接。朦朧詩的出現，從某種意義上可以看作官方以招安的形式收編民間詩人的一次努力。根子、多多和芒克（1951-）的寫作從來就沒有被認可為朦朧詩的經典，既然連出現在《詩刊》的可能都沒有，也就甚至未曾享受遭到批判的待遇，直到1980年代中後期才漸漸浮出地表。我們完全可以說，多多等人的文化詩學意義，是屬於後朦朧時代的。才華出眾的朦朧詩人顧城在1989年六四事件後寫出了偏離朦朧詩美學的《鬼進城》等傑作，卻不久以殺妻自盡的方式寫下了慘痛的人生詩篇。除了揮霍詩才的芒克之外，嚴力（1954-）自始至終就顯示出與朦朧詩主潮相異的機智旨趣和宇宙視野；而同為朦朧詩人的楊煉（1955-），在1980年代中期即創作了《諾日朗》這樣的經典作品，以各種組詩、長詩重新跨入傳統文化，由於從朦朧詩中率先奮勇突圍，日漸成為朦朧詩群體中成就最為卓著的詩人。同樣成功突圍的是遊移在朦朧詩邊緣的王小妮（1955-），她從1980年代後期開始以尖銳直白的詩句來書寫個人對世界的奇妙感知，成為當代女性詩人中最突出的代表。如果說在1970年代末到1980年代初，朦朧詩仍然帶有強烈的烏托邦理念與相當程度的宏大抒情風格，從1980年代中後期開始，朦朧詩人們的寫作發生了巨大的轉化。

這個轉化當然也體現在後朦朧詩人身上。翟永明（1955-）被公認為後朦朧時代湧現的最優秀的女詩人，早期作品受到自白派影響，挖掘女性意識中的黑暗真實，爾後也融入了古典傳統等多方面的因素，形成了開闊、成熟的寫作風格。在1980年代中，翟永明與鍾鳴（1953-）、柏樺（1956-）、歐陽江河（1956-）、張棗（1962-2010）被稱為「四川五君」，個個都是後朦朧時代的寫作高手。柏樺早期的詩既帶有近乎神經質的青春敏感，又不乏古典的鮮明意象，極大地開闢了漢語詩的表現力。在拓展古典詩學趣味上，張棗最初是柏樺的同行者，爾後日漸走向更極端的探索，為漢語實踐了非凡的可能性。在「四川五君」中，鍾鳴深具哲人的氣度，用史詩和寓言有力地書寫了當代歷史與現實。歐陽江河的寫作從一開始就將感性與理性出色地結合在一起，將現實歷史的關懷與悖論式的超驗視野結合在一起，抵達了恢宏與思辨的驚險高度。

後朦朧詩時代起源於1980年代中期，一群自我命名為「第三代」的詩人在四川崛起，標誌著中國當代詩進入了一個新階段。1980年代最有影響的詩歌流派，產自四川的佔了絕大多數。除了「四川五君」以外，四川還為1980年代中國詩壇貢獻了「非非」、「莽漢」、「整體主義」等詩歌群體（流派和詩刊）。如周倫佑（1952-）、楊黎（1962-）、何小竹（1963-）、吉木狼格（1963-）等在非非主義的「反文化」旗幟下各自發展了極具個性的詩風，將詩歌寫作推向更為廣闊的文化批判領域。其中楊黎日後又倡導觀念大於文字的「廢話詩」，成為當代中國先鋒詩壇的異數。而周倫佑從1980年代的解構式寫作到1990年代後的批判性紅色寫作，始終是先鋒詩歌的領頭羊，也幾乎是中國詩壇裡後現代主義的唯一倡導者。莽漢的萬夏（1962-）、胡冬（1962-）、李亞偉（1963-）、馬松（1963-）等無一不是天賦卓絕的詩歌天才，從寫作語言的意義上給當代中國詩壇提供了至為燦爛的景觀。其中萬夏與馬松醉心於詩意的生活，作品惜墨如金但以一當百；李亞偉則曾被譽為當代李白，文字瀟灑如行雲流水，在古往今來的遐想中妙筆生花，充滿了後現代的喜劇精神；胡冬1980年代末旅居國外後詩風更為逼仄險峻，為漢語詩的表達開拓出難以企及的遙遠疆域。以石光華（1958-）為首的整體主義還貢獻了才華橫溢的宋煒（1964-）及其胞兄宋渠（1963-），將古風與現代主義風尚奇妙地糅合在一起。

毫不誇張地說，川籍（包括重慶）詩人在1980年代以來的中國詩壇佔據了半壁江山。在流派之外，優秀而獨立的詩人也從來沒有停止過開拓性的寫作。1980年代中後期，廖亦武（1958-）那些囈語加咆哮的長詩是美國垮掉派在中國的政治化變種，意在書寫國族歷史的寓言。蕭開愚（1960-）從1980年代中期起就開始創立自己沉鬱而又突兀的特異風格，以罕見的奇詭與艱澀來切入社會現實，始終走在中國當代詩的最前列。顯然，蕭開愚入選為2007年《南都週刊》評選的「新詩90年十大詩人」中唯一健在的後朦朧詩人，並不是偶然的。孫文波（1956-）則是1980年代開始寫作而在1990年代成果斐然的詩人，也是1990年代中期開始普遍的敘事化潮流中最為突出的詩人之一，將社會關懷融入到一種高度個人化的觀察與書寫中。還有1990年代的唐丹鴻，代表了女性詩人內心奇異的機器、武器及疼痛的肉體；而啞石（1966-）是1990年代末以來崛起的四川詩人，以重新組合的傳統修辭給當代漢語詩帶來了跌宕起伏的特有聲音。

1980年代的上海，出現了集結在詩刊《海上》、《大陸》下發表作品的「海上詩群」，包括以孟浪（1961-）、默默（1964-）、劉漫流（1962-）、郁郁（1961-）、京不特（1965-）等為主要骨幹的較具反叛色彩的群體，和以陳東東（1961-）、王寅（1962-）、陸憶敏（1962-）等為代表的較具純詩風格的群體，從不同的方向為當代漢語詩提供了精萃的文本。幾乎同時創立的「撒嬌派」，主要成員有京不特、默默（撒嬌筆名為銹容）、孟浪（撒嬌筆名為軟髮）等，致力於透過反諷和遊戲來消解主流話語的語言實驗。無論從政治還是美學的意義上來看，孟浪的詩始終衝鋒在詩歌先鋒的最前沿，他發明了一種荒誕主義的戰鬥語調，有力地揭示了歷史喜劇的激情與狂想，在政治美學的方向上具有典範性意義。而陳東東的詩在1980年代深受超現實主義影響，到了1990年代之後則更開闊地納入了對歷史與社會的寓言式觀察，將耽美的幻想與險峻的現實嵌合在一起，鋪陳出一種新的夢境詩學。1980年代的上海還貢獻了以宋琳（1959-）等人為代表的城市詩，而宋琳在1990年代出國後更深入了內心的奇妙圖景，也始終保持著超拔的精神向度。1990年代後上海崛起的詩人中最引人注目的是復旦大學畢業後定居上海的韓博（1971-，原籍黑龍江），他近年來的詩歌寫作奇妙地嫁接了古漢語的突兀與（後）現代漢語的自由，對漢語的表現力作了令人震驚的開拓。還有行事低調但詩藝精到的女詩人丁麗英（1966-），在枯澀與奇崛之間書寫了幻覺般的日常生活。

與上海鄰近的江南（特別是蘇杭）地區也出產了諸多才子型的詩人，如1980年代就開始活躍的蘇州詩人車前子（1963-）和1990年代之後形成獨特聲音的杭州詩人潘維（1964-）。車前子從早期的清麗風格轉化為最無畏和超前的語言實驗，而潘維則以現代主義的語言方式奇妙地改換了江南式婉約，其獨特的風格在以豪放為主要特質的中國當代詩壇幾乎是獨放異彩。而以明朗清新見長的蔡天新（1963-）雖身居杭州但足跡遍布五洲四海，詩意也帶有明顯的地中海風格。影響甚廣的于堅（1954-）、韓東（1961-）和呂德安（1960-）曾都屬於1980年代以南京為中心的他們文學社，以各自的方式有力地推動了口語化與（反）抒情性的發展。

朦朧詩的最初源頭，中國最早的文學民刊《今天》雜誌，1970年代末在北京創刊，1980年代初被禁。「今天派」的主將們，幾乎都是土生土長的北京詩人。而1980年代中期以降，出自北京大學的詩人佔據了北京詩壇的主要地位。其中，1989年臥軌自盡的海子（1964-1989）可能是最為人所知的，海子的短詩尖銳、過敏，與其宏大抒情的長詩形成了鮮明對比。海子的北大同學和密友西川（1963-）則在1990年後日漸擺脫了早期的優美歌唱，躍入一種大規模反抒情的演說風格，帶來了某種大氣象。臧棣（1964-）從1990年代開始一直到新世紀不僅是北大詩歌的靈魂人物，也是中國當代詩極具創造力的頂尖詩人，推動了中國當代詩在第三代詩之後產生質的飛躍。臧棣的詩為漢語貢獻了至為精妙的陳述語式，以貌似知性的聲音扎進了感性的肺腑。出自北大的重要詩人還包括清平（1964-）、周瓚（1968-）、姜濤（1970-）、席亞兵（1971-）、胡續冬（1974-）、陳均（1974-）、王敖（1976-）等。其中姜濤的詩示範了表面的「學院派」風格能夠抵達的反諷的精微，而胡續冬的詩則富於更顯見的誇張、調笑或情色意味，二人都將1990年代以來的敘事因素推向了另一個高度。胡續冬來自重慶（自然染上了川籍的特色），時有將喜劇化的方言土語（以及時興的網路語言或亞文化語言）混入詩歌語彙。也是來自重慶的詩人蔣浩（1971-）在詩中召喚出語言的化境，將現實經驗與超現實圖景溶於一爐，標誌著當代詩所攀援的新的巔峰。同樣現居北京，來自內蒙古的秦曉宇（1974-），也是本世紀以來湧現的優秀詩人，詩作具有一種鑽石般精妙與凝練的罕見品質。原籍天津的馬驊（1972-2004）和原籍四川的馬雁（1979-2010），兩位幾乎在同齡時英年早逝的天才，恰好曾是北大在線新青年論壇的同事和好友。馬驊的晚期詩作抵達了世俗生活的純淨悠遠，在可知與不可知之間獲得了逍遙；而馬雁始終捕捉著個體對於世界的敏銳感知，並把這種感知轉化為表面上疏淡的述說。

當今活躍的「60後」和「70後」詩人還包括現居北京的藍藍（1967-）、殷龍龍（1962-）、王艾（1971-）、樹才（1965-）、成嬰（1971-）、侯馬（1967-）、周瑟瑟（1968-）、安琪（1969-）、呂約（1972-）、朵漁（1973-）、尹麗川（1973-），河南的森子（1962-）、魔頭貝貝（1973-），黑龍江的桑克（1967-），山東的孫磊（1971-）宇向（1970-）夫婦和軒轅軾軻（1971-），安徽的余怒（1966-）和陳先發（1967-），江蘇的黃梵（1963-），海南的李少君（1967-），現居美國的明迪（1963-）等。森子的詩以極為寬闊的想像跨度來觀察和創造與眾不同的現實圖景，而桑克則將世界的每一個瞬間化為自我的冷峻冥想。同為抒情詩人，女詩人藍藍通過愛與疼痛之間的撕扯來體驗精神超越，王艾則一次又一次排練了戲劇的幻景，並奔波於表演與旁觀之間，而樹才的詩從法國詩歌傳統中找到一種抒情化的抽象意味。較為獨特的是軒轅軾軻，常常通過排比的氣勢與錯位的慣性展開一種喜劇化、狂歡化的解構式語言。而這個名單似乎還可以無限延長下去。

1989年的歷史事件曾給中國詩壇帶來相當程度的衝擊。在此後的一段時期內，一大批詩人（主要是四川詩人，也有上海等地的詩人）由於政治原因而入獄或遭到各種方式的囚禁，還有一大批詩人流亡或旅居國外。1990年代的詩歌不再以青春的反叛激情為表徵，抒情性中大量融入了敘述感，邁入了更加成熟的「中年寫作」。從1980年代湧現的蕭開愚、歐陽江河、陳東東、孫文波、西川等到1990年代崛起的臧棣、森子、桑克等可以視為這一時期的代表。1990年代以來，儘管也有某些「流派」問世，但「第三代詩」時期熱衷於拉幫結夥的激情已經消退。更多的詩人致力於個體的獨立寫作，儘管無法命名或標籤，卻成就斐然。1990年代末的「知識分子寫作」與「民間寫作」的論戰雖然聲勢浩大，卻因為糾纏於眾多虛假命題而未能激發出應有的文化衝擊力。2000年以來，儘管詩人們有不同的寫作趨向，但森嚴的陣營壁壘漸漸消失。即使是「知識分子寫作」的代表詩人，其實也在很大程度上以「民間寫作」所崇尚的日常口語作為詩意言說的起點。從今天來看，1960年代出生的「60後」詩人人數最為眾多，儼然佔據了當今中國詩壇的中堅地位，而1970年代出生的「70後」詩人，如上文提到的韓博、蔣浩等，在對於漢語可能性的拓展上，也為當代詩做出了不凡的探索和貢獻。近年來，越來越多的「80後詩人」在前人開闢的道路盡頭或途徑之外另闢蹊徑，也日漸成長為當代詩壇的重要力量。

中國當代詩人的寫作將漢語不斷推向極端和極致，以各異的嗓音發出了有關現實世界與經驗主體的精彩言說，讓我們聽到了千姿萬態、錯落有致的精神獨唱。作為叢書，《中國當代詩典》力圖呈現最精萃的中國當代詩人及其作品。第一輯收入了15位最具代表性的中國當代詩人的作品，其中1950年代、1960年代和1970年代出生的詩人各佔五位。在選擇標準上，有各種具體的考慮：首先是盡量收入尚未在台灣出過詩集的詩人。當然，在這15位詩人中，也有極少數雖然出過詩集，但仍有一大批未出版的代表作可以期待產生相當影響的。在第一輯中忍痛割捨的一流詩人中，有些是因為在台灣出過詩集，已經在台灣有了一定影響力的詩人；也有些是因為寫作風格距離台灣的主流詩潮較遠，希望能在第一輯被普遍接受的基礎上日後再推出，將更加彰顯其力量。願《中國當代詩典》中傳來的特異聲音為台灣當代詩壇帶來新的快感或痛感。

目次

【總序】朝向漢語的邊陲／楊小濱　003

第一輯 1999年

說吧，成都　018
1. 陝西街26號　018
2. 德克士炸雞　024
3. 展覽館前面的書店　029
4. 打電話　034

第二輯 2000年

小悲哀（為病中女友作）　038

第三輯 2001年

靜之湖踏雪　046

第四輯 2002年

即興　050
八月三日夜散步有感　051

無名島　052
擬歌謠　053

第五輯 2003年

輓歌（獻給逝去的姥爺）　056
週年（給HXD）　057
作於兒童節　062
我們的時代結束了（給J. T）　064
小圓石　070
無情詩（紀念7月29日夜）　071
隨手寫下的一首詩（給晉逸）　073
憶舊歲夜宿東膠海漁船　075
昨夜聞小蓓述文波戒煙之苦有作　076
海的形狀　077
三江行　079
十一月三十日與敬文東別後作　081
窗　082

第六輯 2004年

一個夢　086
憶舊事，給你　088
即景　089
歸來　090

流星　091
今天像昨天　092
詩　095
去海邊　112

第七輯 2005年

尋根協會（回贈臧棣同題）　116
乙酉秋與吳勇河心島飲茶觀鷺一下午　119

第八輯 2006年

元旦一天雪　122
新詩　124
節後　126
三月三日　129
秋風辭　131
元月二日病中作　133

第九輯 2007年

舊地　136
帕米爾之夜（給西渡）　143

第十輯 2008年

急就章，給我的寶貝　146
小東西（給SL）　149
八月十五夜別續冬後與小蓓王凡坐靜之湖高壩上　151

第十一輯 2009年

流花車站行（給申舶良）　154
開封行　157
六月十五日午後與文波梅丹理登首象山　160
即興詩　162
續旅行紀　164
　霽虹橋（給桑克）　164
　興凱湖（給阿西）　166
　綏芬河（給楊勇）　168
　波特曼西餐廳　170
　松花江半日　172
　啊，生活　174
　過雞西　176
　夜宿山海關　178
　近十年　180
深圳行（給張爾）　182

喜劇 185

第一部 在公共汽車上 185

第二部 夏天 194

第三部 秋天 204

第四部 彼此 212

第五部 反對 220

第六部 附註 228

跋 自白書／蔣浩 239

第一輯

1999年

說吧，成都

言辭也不能治癒絕望

——約瑟夫·布羅茨基

1. 陝西街26號

說吧，正午的陝西街過於明亮
像一只巧克力，忍不住要從你的裙邊
溶化。四年來，我的傲慢
像草堂寺的單身宿舍，熟悉我，容納我
現在，我可以平靜地在這個夏天
說出電話，位址，信，報紙和
一所四年前的大學
像一架失事的飛機突然
降落到我們中間
（我慶幸不曾過早地與你相遇）
從一頓反覆推遲的午餐開始
對虛構的信賴不再刺激著胃
「我以前常去斜對面的小飯館」
「好吧，今天也去那裡。」
兩個人，拉開椅子，擺上碗筷
時光在桌面上磨光雙肘，又追上

額頭，畫下近於箴言的樓梯
然後，它要下來，從頭到腳地
把一個人變老（當我們老了，不再
收穫思想，把曾經看到的、聽到的
想到的，都剩在碗中、嵌進牆裡）
「我讀過你的文章，在她的
信裡。」（像偶然窺視到一個隱身人的
隱私）「是《對稱的花園》
還是《夏天的力量》？」
（那年夏天，我寫下兩篇�記
寄到學校已是秋天，像兩張落葉）
「記不清了。」（這意味著它們
已經改變，或者消失）
「那你還這樣信任我的文字？」
「我也寫東西，小說，隨筆。」
（不談寫作吧，還是談談生活）
「因此，你剛到報社就給我打電話」
「我只知道你的名字，通過她才找到
你的號碼。」你有些不高興

剩下的蛋炒飯，在碗裡反抗著
像街道那邊未及拆盡的
斷牆殘壁圍住的水泥、鋼筋、磚塊
它們曾在同一座樓裡隱藏著
工作著，現在，服從於一個混亂的
結局。「喝點湯吧，這飯太硬。」
（牙齒在湯裡不留痕跡，那溫柔的
青春的，瓷器的胃，空著，懷想著
忍著，為一個反覆消失的
證據準備著辯證法
而喉嚨卻像一部即將報廢的電梯）
「你今年多大了？」「二十六歲。」
（還來得及後悔。如果把一生
倒過來看，我們身上的每一部分
都在喪失，它的不完整性
偶然性，以及由此
引出的不可知，都在漸漸地
聚攏成一個移動的陰影）
「這幾年還適應嗎？」

「寫東西，聽音樂，看足球賽
期待天花板掉下餡餅
因此，待在屋裡，很少出門。」
「你住的地方距這裡遠嗎？」
「草堂北門對面，落後於這裡
至少五公里。」你轉動著
手中的湯匙（鄰座有人離開
侍者撤下了碗筷，空出的
桌椅整潔，不露痕跡
意味著我們以前和以後都
不會在這裡）「想過將來嗎？」
「常常想。」（如此清晰而沒有
記憶。一個電話，一個位址
一個人，一場約會，都可以
把生活變成古老而偶然的
技藝）「有女朋友嗎？」
（你的指尖碰響桌面
淺淺回聲在我們中折射成一個
雙面鏡，並把我們面對面推開

抓住的手，就是自己的手）
「沒有。」「曾經有過嗎？」
「兩次：一次是精神的，另一次
是肉體的。現在想來，還有些害怕。」
（那愛情欠下的，需要美來補償）
「你害怕承擔責任？」
「我怎麼能把一個好女人變成妻子呢？」
（模仿你引用的陳白塵的一句話）
「也許，她還沒有出現。」
（或者說，她正倒退著，從街道那邊
過來，她要更深地
……回到自己）
「你吃好了嗎？兩點鐘我還得上班。」
（剩下的飯菜，連同這將要空出的
兩把椅子，一張圓桌，兩個杯子
在這之前之後，它們都不再
認識我）「過街就是二十六號」
小汽車從我們面前一閃而逝
尾部在嘔吐。應該在拐彎處

裝上凸面鏡。此刻，街道兩邊的
商店，茶館，郵局，辦公樓分擔著
我們的生活，它們的影子在拉長
而整條陝西街，像一個更大的
胃，消化著我們臉上的陰影
它分泌的酸性液體
將首先作用於眼睛……

2. 德克士炸雞

說吧，既然早晨起來就已刷牙、漱口
我口腔清潔，可以說出你的芳名
既然在進門前就已洗淨雙手
可以在遞過蕃茄醬、薯條、可樂之前
先遞過一隻手（中午下班後，兩個人
從陝西街出發，先到岷山飯店
約上另一個女孩到這家快餐館）
然後，手先說：「寫信。拆信
打電話。約稿。但忘了握手。」
（不要緊，三個人在就座前
都是遠視眼，同時看清了
四年前的一封長信）
現在，你說。生活可以討論
（辯論出真理）未來可以虛構
（虛構就是欺騙）而現實在進入
這裡這前，是飢餓的，像一個
疲倦的欲望，在智慧的前額
長出了嘴唇。說吧，說吧
三種語言撞在一起，像三隻

小鳥，在快餐館裡
迷了路：變成兒童，積木，秋千
滑梯，圓桌，木椅，玻璃門，地板
計價器，托盤，紙杯……
它們的翅膀糾纏在一起
在三張臉上落下陰影，在三個
姓名兩邊加上三對括弧
（孩子們在屋角玩遊戲：爬上
梯頂，上帝獎給一對翅膀
因此，他們的下滑
遠遠快於上爬）說吧，說吧
我們的事業、愛情、理想是不是
在與別人玩龜兔賽跑？
與自己玩飛矢不動？
（孩子們在秋千上晃蕩，「想離開
大地一會兒，再重新回到大地」
他們停下來，腦袋像簷下的汽球
撞在一起）我們的杯子也可以
撞在一起了。喝吧，喝光

杯子裡的水，眼睛裡還有
（眼睛是唯一像蠟燭的器官
燃燒後不留灰燼。但正午
並不需要蠟燭，它的光過於
微弱，需要把今天放在掌心
反覆打量）冰塊已沉入杯底
溶解著，露出柔軟的心
吃吧，還有漢堡包，雞塊，被俗氣的
薩克斯泡出了細孔（不再誘惑
死者）裡面蘊藏的紫色光線
順著咽喉，沖洗著黑暗的胃
托盤下的圓桌長出三隻耳朵
「……別忘了光吃不說」
「最近，我認識一個女孩
我想，我愛上她了。」（去追呀
「窈窕淑女，君子好逑」）
「我不知道，她是否喜歡我。」
（那不是問題的核心，就像你
並不知道你的靈魂是否適合你）

「那我該怎麼辦？「送花呀
女人如花，需要鮮花」
「我不知道她喜歡什麼樣的花？」
（黃玫瑰，滿天星，滿滿的
一大束，要親自交到她手上）
「你怎麼知道？」「我男友以前就這樣」
「這未免太過於流行了吧？」
（不是所有的鮮花都適合於女人
但沒有一個女孩不喜歡浪漫和虛榮
當一朵花在生活中踮起足尖
總可以追上頭頂的月亮，並吹熄
她臉上的繁星）「但它適用。」
（兵貴神速，最好今天就送）
「要我們幫忙嗎？」
「哦，不用。」（孩子們在彩色
橡膠球池中翻騰，一個老人
從樓梯上下來，手裡的霜淇淋
溶化著，竄上手臂。他遲到了
因此他老了，就要成為生活的

烈士。他看見了我們）
「她是誰呀？」「不知道。」
（她靠虛構活著）
侍者們踩著滑板在我們中來回
快速無聲，她們的白T恤、紅裙子
剛從冰箱裡取出來
將在下班後溶化，像皇后的新衣
而面前的「食物是鏡子」，正在
把飢餓變成可以觸摸到的
遠方。吃下它們，我說，我想
告訴你：「我喜歡一個女孩……」

3. 展覽館前面的書店

說吧，一個詞語在推開書籍之前
遲疑，惶惑，像突然停在中途的
中年。它弄響鋼筆，書籍和
沙發，並想推開剩下的生活
到達你黑裙的腰，新生的嘴
（你今年二十三歲，還有足夠的時間
等待這個說出的詞像巧克力
在嘴裡溶化）書店裡擠滿書
也許只有一個人在傾聽
（他安放在耳朵裡的竊聽器
錄下了啞語和風景。他是
近視眼，看到的總是過去的
或者說，那正在發生的，就是
已經發生的）那麼，說吧
（儘管「言辭也不能治癒絕望」
但聲音恢復的過去總是從街道盡頭
折身回來，像一條沒有首尾的蛇
縮進了你書包裡的隨身聽）
「先把報紙給他們看看，如果

有興趣，再電話聯繫。」
（電話直接把嘴唇與耳朵
關進同一個「語言的艙裡」）
「你應該有信心，它是全成都
最好的讀書版……」
（書籍是靈魂的磚塊，但讀書
只對眼睛有用，並傷害著它）
我記得半個月前認識你，你還
忠於你的工作：採訪、約稿、編輯
（像忠於你的身體：短髮、圓臉、平靜的
嘴角）這紙上的愛情像詞語中漏下的
沙之書（我愛著你，我的對手
是我的左手，而我的五官
也反對著我的臉）
好吧，隨便翻開其中的某頁
黑色的單詞，推搡著
跟隨下班的人群，穿過
天府廣場，褪掉方塊形的
黑色長袍，黃昏露出裸體的星

卡在汽車後輪中空虛的
落日，被烏黑的排汽管
瞄準：「嗤，嗤，嗤……」
（在艾略特看來，這就是世界的結束）
而你輕鬆地走出書店
並不留戀於某行我所熱愛的詩句
「雖然我也喜歡讀書，但更喜歡
逛街，進商場，在天橋上俯瞰
車流，發呆，一個人……」
（那種自由的孤獨多麼像
「古典時代的瘋狂」）
天空逐漸發黑
你的頭髮在變長
「我們是去對面的肯德基，還是
隨便找個茶館，電影院？」
（我想領著你到一個公眾領域去
先虛構情感，然後把虛構的
重新看一遍）「哦，不去了
我先給家裡打個電話」

（「爸爸，我可能稍晚些回來……」）
然後，你又給誰打了個傳呼？
（如果那個人是個死者，從地獄
開車上來，至少也得等到明天
而我願意與你一起等他
不幸的是，他回電話了）
「我在毛主席像前等你
事情辦完了，咱們不見不散。」
（而我已與你相見，不得不散了）
「天快黑了，我們改天再見吧！」
被風颳倒的自行車，僅僅
剩下一堆骨頭。我扶起它
首先是兩隻鋼圈在暮色中發黑
像兩隻眼眶。「有時間，打電話。」
（我不敢回頭。那個即將出現的人
沒有身體，以致於紅燈都無法
阻擋。他貓著腰跑過來
似乎有一個小汽車的外殼）
「哎，我真愚蠢，忘了把書給她」

（但書本能治癒絕望嗎？

那就打電話吧）

從草堂到獅子山，中間

隔著七個號碼，像七顆

藍色的星星……

4. 打電話

「喂？」
「喂，你好，我是蔣浩。」
「哦，你好，有什麼事嗎？」
「其實也沒什麼事。你
最近過得怎麼樣？」
「跟以前差不多……」
「還是天天上班，採訪，約稿，編報
然後下班，回家……」
「你呢？」
「跟待在成都差不多，空閒時間
較多，讀讀書，想想問題，寫
點東西，生活有些簡單……」
「過得還不錯嘛。」
「唉，就這樣，一天一天地
慢慢活吧，比較安靜
苟且偷生。唉，也不是太急……」
「又開始歎氣了？」
「我怎麼老改不掉呢？」
「說說新鮮事兒吧？」

「基本上沒有。這段時間，我在

（此處略去具體內容）

……唉，你過得怎麼樣？」

「仍然上班，比較忙。」

「還在讀書，寫東西嗎？」

……

「喂？」

「喂，你好，我是蔣浩。」

「哦，你好，有什麼事嗎？」

「其實也沒什麼事。你

最近過得怎麼樣？」

「跟以前差不多……」

「還是天天上班，採訪，約稿，編報

然後下班，回家……

「你呢？」

「跟待在成都差不多，空閒時間

較多，讀讀書，想想問題，寫

點東西，生活有些簡單……」

「過得還不錯嘛。」

「唉，就這樣，一天一天地
慢慢活吧，比較安靜
苟且偷生。唉，也不是太急……」
「又開始歎氣了？」
「我怎麼老改不掉呢？」
「說說新鮮事兒吧？」
「基本上沒有。這段時間，我在
（此處略去具體內容）
……唉，你過得怎麼樣？」
「仍然上班，比較忙。」
「還在讀書，寫東西嗎？」
……
「喂？」
「喂，你好，我是蔣浩。」
「哦，你好，有什麼事嗎？」

1999年5月，六郎莊

2000年

小悲哀（為病中女友作）

1.

是的，漿果有了皺紋
小女孩也會懷上疾病
七月某日，住進了本地醫院

手術刀切開身上的樓梯
剩下的美德，孤零零的
連一個問候的電話都打不進去

昏迷，甚至與自己也失去了聯繫
只是昏迷……，昏迷的情人
穿過平均律的點滴聲推開

皮膚。「是你，是你嗎？」
她努力地想笑起來
樹杈狀的血管扭作一團。上面

掛滿一排排羽毛的空針管
針尖溶在泡沫裡，泡沫
囂叫著……，持續的

高燒降低了脂肪，她的腰
細得更瘦了，是五根手指中
最小、最弱的一根

2.

棉團汲飽了酒精，更軟更白
開在腰上。思想的點滴，混同於
藥水，從大大小小的

玻璃瓶流亡到身體裡
她臥在夜晚的山巒，天亮時
更清晰，更瘦，吐出了萬木

從走廊上過來的風，翻讀著
百葉窗。光線托起盤裡的漿果
它的細腳更深地陷在皺紋裡

此刻，膠條（教條）封住傷口
手術刀換下水果刀，流出的
烏雲弄髒了紗布，從裡面

擠出一滴淚。一滴？渴了？
繼續擠。餓了？該死的
大腫瘤，良性？還是惡性？

統統扔進大澡盆——
讓它自己跟自己玩吧
自己把自己洗乾淨！

3.

「大音希聲」，小腰無形
小女孩的腰裹進雨絲
套著蔥綠，一節勝一節

一節吞一節（幸好腰中還有腰）
嚥下花，吐出葉
服下藥，長出腰

疾病起啊，兩生花
花研藥，藥藏花
頭上的蝴蝶飛回了家

「請注意飛翔的姿勢」。你的
偏頭痛引導著地球的自轉
帶來長達半年的黑暗

還好，病終於浮出了身體
臉蛋白得像面紙
聲音被松花江回頭咬住——

吊進了頭上的玻璃瓶。你問
「西比爾，你要什麼？」
「横！給那老傢伙一個小便士」

4.

雨一直在下
雨絲在燈管裡……
嗡嗡作響。炎熱退到了青草的

根部，螞蟻爬上白牆
像沖散的黑色小藥丸，一顆接
一顆，小護士有些茫然失措

至今我們仍然不清楚
它究竟能治癒什麼樣的疾病？
（彷彿這才是生存的秘密）

閃電在屋頂上很快地扎了一下
門和窗都被雨水黏上了
哦，多好的雨，再大些！

小小的手術室，安若
蜂巢，你躺在聚光燈下
不幸福，不痛苦……

你的病一再被更多人模仿
你只是它們中的一個。現在，我
領走它，你得忍受片刻的虛無

5.

媽媽說，「小孩就是不裝病」
到後來，她的病見風就散
一天一個樣。那些剪刀剪下的

斜線，連同落在身上的曲線
都消失在起皺的玻窗上
小女孩康復在即

下樓不必扶梯，入廁不必
捂胸。開始想爸爸，想媽媽
拌鬼臉，換巧克力

她的病很好地磨掉了單純的寂寞
康乃馨吐納著松花江的水氣
松花江啊，你快樂，你獨自揮霍著快樂

而這裡的鑷子，繃帶，白床單，條紋服……
它們都沒有病，多少年來
服務於古老的道德和痛苦

不像你，小女孩，小乖乖
一天一個樣，快快出病房
下樓梯，遍地是金黃——

2000年7月，小南莊

第三輯

2001年

靜之湖踏雪

拉長的車轍，一小筆
　　灰白，抽打路面
並把方塊的上苑與橢圓的
　　靜之湖斷斷續續連上

路還在加寬，似乎到處都可以
　　一走，甚或一遊
兩旁有幾棵枯藤老樹
偽裝出潦草，潦倒
　　還不足以擋道

雪在空中悶想。夏天時
它們還是些隱秘水汽
哦，已吐納成形
　　籠統一天地

你來到湖上，且行且走
小臉蛋紅撲撲的
小手兒也紅撲撲的
被雪花從紅撲撲的羽絨服裡
　　才開出來

背後是燕山：綿延、柔和
　　像一個睡著的長頸玻璃瓶
剛浮出來，還亮著
　　裡外都是空的
你的眼睛不經意加深了
其中的明暗。它
　　還是它本身？
數天前，腳下

　　還是靜之湖
我們曾在上面牧船放浪
現在，她們也眠進了冰骸
不遠處，柔軟長堤
　　借得一方枕

小風抹著陽光，靜之湖
　　深深地凍成薄薄一片
找到邊緣，就能揭開她的白蓋頭
你再使勁踢雪又有何用？

不過，聲音還是傳到湖底
　　咔嚓，咔嚓的
有人躲在那裡按動快門
更多時候，只攝得數枚落葉大小的
　　鞋印，直到你
像小飛機滑倒冰面
他才捕捉到你臉上
　　近於幸福的水紋

2001年4月15日，小南莊

第四輯

2002年

即興

近來，雨都盡來。

差不多每天都要下上一下。

這一次，雨聲真的吵醒了我？

還好，摸到枕頭和竹席，

我知道的我似乎還睡在室內。

可窗外與屋裡一樣黑呵！

可那不大的雨點還在路燈下提腰散步，

有時也貓身纏上些平韻的椰葉，

仄仄地往下滴水。

閃電把對面這座樓又搬到了對面，

須臾，又竄至林邊掘出兩鼓水塘。

昨晚，我還去那裡深坐至無聊？

可昨晚也下這樣的雨，我

還記得我還沒醒呢？

2002年6月12日，海甸島

八月三日夜散步有感

奎十六星，形如鞋底。

——《石氏星經》

哦，天上無星，雲下有雲。
我在草地上走，池塘邊停。

哦，草噴草木氣，
小灌木也噴草木氣。
蘖萌句芒於我的鞋陰，
簪簪十六星。

2002年8月3日，海甸島

無名島

哦這是什麼樣的荒島？摸摸土塊和石頭，
也許能摸到一個不錯的名字：一個古奧的方言或小
　陶器？

島是島的名字，叫她島吧。再四處瞅瞅，
找到一個地方抱起她。

在趕跑那麼多海鷗後，
讓她也飛起來……我的確累了。

海潮入目漸高，
波浪扯了藍色鎖鏈潛入灌木叢。

2002年11月，海甸島

擬歌謠

風低頭，

草低頭，

風馬牛，不相及。

風低頭，

草低頭，

風馬牛，不相守。

風低頭，

草低頭，

草草埋了風馬牛。

2002年12月12日，海甸島

第五輯

2003年

輓歌（獻給逝去的姥爺）

飛機在天上犁開一道長長的深坑，
幾分鐘後我就聽不見它的聲音了。
我也看不見它了。
人們在山阿挖開另一個深坑，
抓把黃土擦擦身影。
我也聽不見他的聲音了。
我也看不見他了。
那坑上長出了叢叢巴茅，野蒿，
還有柏樹，花椒……
白花花的是雲，青葉葉的也是雲。
我也看不見他了。
青山蒼天全都瞎了眼。
我也看不見我的眼睛了。
我像閉上了幾分鐘。

2003年1月7日，海甸島

週年（給HXD）

那太平洋無論用多大的寬帶去丈量也不及這南海小
　小一隅，
不妨礙這裡深色皮膚的淵客鮫人磨亮隨侯之珠去觀
　察瀰漫在堂奧深廳的氤氳蜃氣：
滑鼠點開大海蔚藍顯示幕上我們青春的皺紋，
我愛那皺紋遠端遠遠駛來的一葉游標之舟，
你在那裡！但密閉的電梯又明明升起於太平洋底，
再上升些，你的珍貴的肝就可能真的承受不了輕？
注意保健，勿熬夜飲酒，但煙尚在氣概。

閑下來時，我也偶爾會略略思索過去。
北京四季分明，想必現在仍然是天道無欺。
這裡燠熱呀，海在練習發汗，我差不多每天都去小
　賣部劈椰。
我愛椰殼裡那層雪白的椰肉，薄薄的，鋪在小南莊
　或博士樓的窗臺上。
你說，「嘿，下雪啦！」那天深夜在未名湖用她狠
　狠擊打我這個可笑的猶大。
你知道，我想到這些心裡是多麼快樂！
如今，它們落在沙灘上變成了滾燙的
親愛的石頭。

它旁邊是蝴蝶貝，汲光的血螺，還會亮起箴言的螢
　火蟲。
我多麼愛這樣的仲夏夜：月生魄兮星分翼。
我常常坐在那裡就不想再回去，
那些翻來覆去的潮汐傷害了我的耳朵。
我用手去摟它們柔軟的頸脖，
我以為傷心只在心裡。
我以為它們會枕上我的身體
安靜地睡一分鐘，一秒鐘？
黎明時，這水只在我的手臂上雕刻了一些驕傲的
　露水。
我皮膚下依然奔流的血管像網線或者纜索依然在
　索隱，
那深深的錨上深深的紅鏽一直昏睡不醒。
我們手把手飛快地交換了眼神，但眼睛和手還是各
　自的。
猛烈的海風也只是敏感地推了推我的眉梢，
再去摸你的嘴角。

我也愛這裡的太陽，裸裸的，但無人敢看：
據說裡面的烏鴉已飛去鳳城變了堂前燕？

剩下的燕子仍愛貼著海面飛，它們銜來海藻在木麻黃的枝杈間編織阡陌之巢，
退潮後，帶尖底的鳥巢像一枚倒懸在你兩腿間的黑面螺。
你去為你的燕燕撿拾那些蚌貝，燒成灰抹上新居的四壁；
去摘下一枝珊瑚研成末，把她的眉毛畫淺入無。

春天我去舊州鄉下公期，沿途綠色的波蘿蜜都把蜂房築上果皮，
那疙疙瘩瘩的脊背不反射星光但很人性，
雨水在上面曲曲折折地流一點也不像淚水。
我去摸它，因為去年我們吃過它。
臨別時，鄉人卻贈我以木瓜，
哦，木瓜青青也同樣採自樹下。
但土語不全採自土裡，有的格格崩出於石頭，
有的婉婉以風吹自海上。整體上都鳩鳩難辨：喚鳥時，
我以為在叫花；叫花時，我以為在喚鳥。
清明前後，院裡真的就多了一隻什麼鳥，
真正的鳥語卻在夜裡怪怪的像在尋人。

進入夏至，夜裡的怪事更多：壁虎模仿蛙鳴，
（但我仍叫它四腳蛇）
土蛇盤在榕樹上去吮吸樹杈間水腫的月亮，
（但我仍叫它乾黃蟮）
蟬爬上春天的細木就開始吠日吠月，
（他們堅持叫它秋蟬，我仍叫它鳴嘎枝）

冬天，我去三亞，在遠處的小島和我的船下，
海浪都碎得這樣的心碎。
一排排整齊的飛魚忍不住飛出了海面。
風吹拉它們畫下的優美和絃。
它們已飛得那麼高那麼高，
整座海原來一直都在如此輕盈地開展。
我想著這島的對面就是最大的中國大陸島，
我不傷心，我們無限的底部一定把我們偉大的出發
　地連在了一起。
我們成了我們回去回不去不回去的理由？
剛才那排飛魚顯然是飛或魚或鳥的理由。
我們像風在海上轉了一圈。風停下來時，鳥和魚身
　上都長出了花瓣。
哦，那麼多的花真讓我心花。

不過，你正在迎來你的女生們課堂上偷偷用圓珠筆

在乳頭畫圈男生們用鋼筆在中指肚打×的時代。

2003年4月29日，海甸島

注：太平洋係H工作的「北大線上・新青年網站」所在太平洋大廈簡稱。

作於兒童節

我在沙灘上的遮陽傘下
邊嚼檳榔邊喝咖啡。
斜對面來了位小姐，
她輕鬆地彎腰，用紙巾擦對面椅子上的灰。
我不經意間突然就看見了她的乳房。
那可能是我見過的最美的一對，
正透過半透的銀色吊帶裙的弧形低胸，
像自由的心呼之欲出。
她沒看見我，或許她並不屑於我在她眼裡？
她輕鬆地靠在椅子上，用吸管喝新鮮的椰汁。
隆起的胸脯像托在手裡的椰子。
貼在上面的薄紗像真的薄紗。
她的眼睛也很美，像我想像中的妻子。
但她是我的母親。
她離開時經過我身邊，彷彿在說，
「我們好像在哪裡見過？」
我想了想，一定是剛才，剛剛見過。
但她是我的母親。
而今天剛好是兒童節。

我把嘴裡的檳榔吐在紙巾上，

又髒又紅的硬核，像枚帶血的子彈，更像彈子。

2003年6月1日，海甸島

我們的時代結束了（給J. T）

哈哈，到如今我才突然想起：為什麼大海那麼深邃，
天空也只是它的表皮？
為什麼它還那麼寬廣，海南與北京，
也只是浮沉其中的兩座小島上的兩間小房？
我的朋友，請你馬上從另一個視窗現在就伸出腦袋
　來向我點頭、微笑，
我這裡當然有神奇的五指山立刻就能指出你無數微
　笑中唯一的傷感；
還有萬泉河、文昌河、南聖河、南渡江、文瀾江，
也有雲月湖、南麗湖、一切湖……
等待匯入你背後燕山滴下的泉尖；
還有尖峰嶺、吊羅山、毛公嶺那無心無限的憂鬱
　雨林，
即使你天天刮臉也無損於這萬木豐壤深埋的縷縷
　煙雲。
你還好嗎？你是我在京城認識的第一個新朋友，
也是此刻我要重新認識的第一個老朋友。
你看，說著說著，新就老了？而有些朋友真的見
　鬼了。
是那些鬼告訴我的：它們被嚇得半死差點又變成
　了人。

但願這不是真的。我真的沒有時間向這波浪精推
細敲。
這海與島一直都把我當成這裡出生的珍貴客人。
我想說，我又有什麼好說的呢？
男人也應相愛，像愛我們的海倫，遠遠的，
愛得那麼深！
沒必要再去造一隻木馬或竹馬。
誰又曾相信，這安靜的海竟因為她發生了那麼多
戰爭——
一個女人與無數最優秀男人之間過家家似的生死
遊戲？
真沒趣！所有的船都沉了，人去天空，
大海空寂得只剩下這空的天空的外形。
我可以把它們疊進一面照妖鏡寄給你把玩。
但月亮還在上面孤獨地航行啊！
那月亮彎彎地勝利了？
這是一個問題還是一個問號？
你看，波浪向我們的龍王獻上了一隻帶血的左耳？
不不不，是一群醜陋的蝦兵蟹將抬著聖處女。
但他還是驕傲於他多麼恥辱地接受了這一切。
他驕傲嗎？他驕傲地學習驕傲的事業。

他恥辱嗎？他恥辱於早已認識、忘記。
但我的那位可憐的哪吒小朋友卻不這麼想。
天亮時，上帝才給他送來風火輪，
上面還塗了你喜歡的金色芒果汁。
在它下面，海浪已鋪上藍色的條紋桌布。
一切就緒，小哪吒就要在橄欖林向你挑戰
詩歌與男人的關係？
橄欖林就在那邊，你會先來刳木成舟折枝為琴鼓腹
　而歌嗎？
風已在橄欖樹下繼續唱。
兩隻紅嘴鶺鴒用翅膀稍稍修改了部分歌詞，
早起的濃霧又模糊了林中的節奏，
這曾經是一首舊曲？古老的橄欖樹在嘗試著
不敢彈奏它的新自己。
我向那林中扔石頭啊，
開口吧，利口何嘗不是心靈？
我聽，是那石頭悠遠的回聲：
利口何嘗又是心靈！
利口何嘗又不是心靈？
心靈真有那麼重要嗎？
至少比大海更寬廣。

這海多寬啊？再寬也不過是一片大海！
小時候我還以為它是由無數洗臉盆拼湊的，可以用
一張繡著小白兔的洗臉巾去反覆丈量。
哦，摸摸我們的臉，
這海就有多寬？你……你跑哪去了？
剛才散步時，我還感到你就在身邊。
喂，乾脆再分開些，再退點。你退到那塊虎頭礁時，
哈，我一下就測出了這海真正的長寬！
你現在可以把肩頭那隻海鷗也放過來試試。
它在飛呀，
每次都是影子不停地停在海裡；
每次都是它的鳴叫領奏著舞浪；
甚至也不是鯊魚在海底咬出了溫柔的星光。
而你似乎更愛那些越來越潔白如嬰兒的小小雲朵
　玩具。
天空是個幼稚園？陽光還很柔嫩，還沒扯掉蓋在它
　們身上薄薄的蔚藍。
可這越來越無邊的白天已足夠偉大，
容得下一萬個你在這裡突然反覆出現。
想必那暮年的暮色也毫不遜色，
很巧妙地把一萬萬個你又隱於身後。

轉身，轉身，再華麗轉身，
這波浪多麼自由地湧向沙灘，
自由得從不向一個地方奔流。
這又怎麼能把過去帶回無有？
有必要給它羅盤？用望遠鏡來考察未來的源泉？
你由讀書到教人讀書，我也在繼續努力。
……但今天，我累了。對不起，我要去另一屋睡覺。
天亮時不用叫我，只須叫上：胡續冬冷？霜王艾
　陳，均林木，康赫席，亞兵馮永，鋒！
那間屋還有：續冬胡？霜冷艾王，均陳木林，赫康
　亞兵席，永鋒馮？
空酒瓶就不用帶出門，繼續空吧！把門帶上。
茶几煙灰缸就交給海風海浪！撲克牌也無須再疊進
　紙棺材。
我一直納悶這五十四個民族中為什麼有大小王卻無
　大小王后？
這註定是男人還是女人發明給男人而她們自己卻又
　在旁邊挽袖聽政的遊戲？
關鍵時，不要亮旁邊的底牌。
但她們又把牌弄亂用瓜子堵住嘴，
親切地吆喝著下次贏回失敗。

謝謝你們，最後總是給我創造出這滿屋崩潰王朝的
　凌亂之美，
我還要獨享這空氣中飄蕩的先賢之美呢！
謝謝你，把這無人的王朝留給小南莊，
無人留給無人。……哦，
我真的要睡了，得馬上結束這首詩。
晚安，明天見！我以前總是忘了說，
今天我再結束一遍：
「再見！晚安！」
哈哈，怎麼又是朝陽匆匆在海上亮出了句號？
昨夜誰是零分？昨夜零分！昨夜零分，
「天地不仁，以萬物為芻狗。」
我當然記得。你說過，
「我們的時代結束了。」
真見鬼，我怎麼到今天才見到？
哈哈。
哈！

2003年6月3日，海甸島

小圓石

雨後空氣乾淨。
樹下的小圓石也乾淨地
雜了雨痕。也許我
又會在上面坐半小時，
另外時間是小鳥、蜥蜴、壁虎，
甚至松鼠也在上面習靜觀海。
它的確越來越圓，
石膚光滑可膩，像蛋
浮在落葉和細沙上。
——這棵樹下的蛋是這棵樹下的蛋，
還有待於這棵樹來孵化。
——我這樣想。一枚細枝斜搭上面，
像剛從蛋裡爬出來的一條幼蛇？
它微微擺動的細腿，像要
把這空空的石頭踢回海裡？

2003年6月12日，海甸島

無情詩（紀念7月29日夜）

哦，多美好！
早晨是隻鳥兒，
黃昏是截沉魚。

你唱歌時，兩掌上翹，
在腰側微微擺動的
是翅膀或尾鰭？

我鼓掌，儘管我的
潦草也是落木，
但潦倒救了我。

我也想為你記下這首歌，
我那麼用心地抓撓頭髮，
儘管落下的也是一葉葉扁舟。

我的鬚髯和手臂都飄不起來，
纏上了風。我的眉毛的海峽，
煮出了沫和沙。

你削尖舌頭，
變出了主義，
而不是老鼠。

2003年8月29日，海甸島

隨手寫下的一首詩（給晉逸）

是的，我看見的每個人都是新人。
包括從前的戀人或情敵，
他們是那麼新，彷彿剛剛才開始愛。
我不對自己失望，因為我
不能保證我今愛如初。
但我還是很高興，真心祝福他們
是一對幸福長駐的比翼鳥。
只要我努力，我確信我能天天看見他們。
我願意我這樣翩翩獲救。
我想他們一定也樂意見到我，
能看見比看不見當然要好。
因此，在這裡，黃昏出門散步時，
我總要沐浴更衣，像去與他倆約會。
也許從來就沒人真正注意過我，
海側視我，一瞥一瞥的浪
也不會注意我。像通常所喻，
他們也把我整潔的頭髮看成待棲的鳥窩？
這又有什麼關係呢？
這樣的發現也說不上不好。

但我到底還只是一個人呀，

怎麼能忍心看不見看見呢？

2003年9月17日，海甸島

憶舊歲夜宿東膠海漁船

晚霞抹進了蜂蜜，在海上漂亮。

漁船載回的深色深瑟於周圍。

信號燈像一顆膚淺的珍珠。

風勾下海魂衫上的條魂。

安息吧，止住馬達，水更靜地浸入船骨。

我們的手從世界縮回人，摸到自己，

通過細浪與道德交談，這累麼？

每次都像墨魚在自言自語。

安息吧，進倉的水洗出釘進甲板的星星，

細微裂紋上結出的一串串葡萄，是

臨別的禮物？但我的嘴被吻住，

一群蚊子在空中非禮你。

這不是超現實，現實是已安息。

你去與手電筒的光柱碰杯，說，

「來，喝了吧，你也是棟樑。」

朝霞又往酒色海裡添加木柴。

2003年9月20日，海甸島

昨夜聞小蓓述文波戒煙之苦有作

我不抽煙。你的戒煙之苦
對於我，就是小小的快樂。
我也會嘲笑我這樣的道德感。
生活中的確還有更多的快樂。
包括這煙，酒，甚至女人。
甚至女人也抽煙酗酒。
但我仍然熱愛女人，
卻又為什麼不試試煙酒呢？
堅持住，就要下雪了。
當燕山今晚下雪時，
靜之湖是一個多麼空虛的煙灰缸，
從村裡來到湖邊散步的人們
像捲煙一樣捲緊自己的外套。
那裸露的，眼睛上面的，你腦袋盡頭的
明亮的頭髮。我看見了，
我也想狠狠地抽一支。

2003年10月15日，海甸島

海的形狀

你每次問我海的形狀時，
我都應該拎回兩袋海水。
這是海的形狀，像一對眼睛；
或者是眼睛看到的海的形狀。
你去摸它，像是去擦拭
兩滴滾燙的眼淚。
這也是海的形狀。它的透明
湧自同一個更深的心靈。
即使把兩袋水加一起，不影響
它的寬廣。它們仍然很新鮮，
彷彿就會游出兩尾非魚。
你用它澆細沙似的麵粉，
鍛煉的麵包，也是海的形狀。
還未用利帆切開時，
已像一艘遠去的輪船。
桌上剩下的這對塑膠袋，
也是海的形狀。在變扁，
像潮水慢慢退下了沙灘。
真正的潮水退下沙灘時，
獻上的鹽，也是海的形狀。
你不信？我應該拎回一袋水，

一袋沙。這也是海的形狀。

你肯定，否定；又不肯定，

不否定？你自己反覆實驗吧。

這也是你的形狀。但你說，

「我只是我的形象。」

2003年10月30日，海甸島

三江行

慢是有點緩慢。池鷺的細爪探到潤土，
翅膀像縮回的潔白抽屜，不裝風賣沙。
一大片葦草在水邊左右顛簸，下面的
眼睛折射出畫布上亂倫的彗星掃帚眉。

慢是有點太慢。溪水巧用魚兒來開關。
催眠的尾鰭裁開層層打盹的舊日來信。
這日子多慢啊，剛描下拋起的句讀竿，
直了。剛讀到的非魚，又改變了是我。

還是有點忒慢。還是有點飛短夾流長。
如果扔了蓄電池，手網；換了手和水。
野蜂把裹刺的花粉全倒進刺蝟的褲襠；
毛桃還沒刮開粉臉，還懵著怕的羞呢！

還是有點慢慢。還是有點不那麼自然。
衣襟別開山面，褲腳岔出另一條岔路。
鳥槍口灌進了棗雞口，丹鳳眼瞄準了
槐兔眼。甚至慢得轉不了身。轉身呀，

還在喊，慢點，慢點。慢到要慢不慢，

雲裡垂下電話線，終端吐出的青橄欖

在草尖踮起腳尖。還在喊，慢點慢點。

採花蝶停上太陽帽：那不是一個器官。

2003年11月16日，海甸島

十一月三十日與敬文東別後作

你從計程車出來，我看見你的頭髮
也略略疏了些。你的聲音沒變，
握手與別時一樣有力。
你輕鬆地笑，「哦，胖了！」兩個人
都突然胖了。更輕鬆地笑，彷彿
沒有其他事值得我們去笑？
彷彿我領進的是從前交談的房間？
你嗅著，時光像陽光。當我打開窗，
這陽光也掉進窗外的海裡。
那海沒有改變。在你來之前，
我就看見它的安靜
與這杯中水沒有不同。
也許你是來看它的？你說，
你堅持說是來看我的。
而我又有什麼好看的呢？
我想像著領你在這島上隨意看看。
但這裡也在繁榮，連荒蕪都保不住了。
我們還是在屋裡
待到分手吧！

2003年12月2日，海甸島

窗

此刻我在窗前，
看，那就是瓊洲海峽。
那艘船像是伸出來
給海刮臉的一根手指。
當我這樣指著它時，
正駛向不可見的手掌式的大陸，
或是要回到這手掌大的小島。
這海峽來回約需三小時。
此刻我在窗前，有足夠的時間
看見它從廚房的窗
駛進臥室的窗。
我能感受到波浪擦過船的震顫。
我曾經在船上？或者，
我現在就在船上。
但此刻我在窗前，再過一會兒，
它也會在窗前，在我的手指前，
手掌上。我收攏，握緊。
我把這拳頭放在窗上，
下巴放在拳頭上。我這樣

看著這個此刻的窗，

「像一枚初升的月亮」。

而大海才是這窗下之窗。

2003年12月29日，海甸島

第六輯

2004年

一個夢

……我找向你，找你。
鼻尖頂了顆流星。
長街在書包裡
吞噬各種短巷。
書包在你肩上，
一定在。
也許，我真如海豚躍過了
紅綠燈。
通過你的手，
安靜的純淨水瓶
像個玻璃崗亭。安靜是我的，
水是你的，
飲你的眼睛。
……我找進另一條小巷，
一個鐵皮垃圾桶，
我沒有撫摸。
這個倒空的，親愛的
枕頭，漆著無邊的藍色。
陽光鬆動它，也分開
兩邊的磚牆。
旁邊水泥杆頂的黑色線條

一定在連接，很遠的

兩盞白熾燈，在

各自的嘴裡，

醒著。

我醒來。

我咬不碎它。

與你只隔這片小小的光。

短髮似的光。

2004年2月11日，海甸島

憶舊事，給你

去年真的喝了兩瓶紅酒？三輪車遲遲來，再卸一廂
　白雲。
浪離杯邊一粒沙，加一點糖，也鹹。

海岸線穿過氣球魚的胖鼻，四個人的豐饒之思竟然
　同時拋錨於一排浪？
又一排浪繡一顆星，在腳趾間，咬住開裂的魚尾。

你的手指是尾巴，擦光的尾巴。
海在跑開，錦瑟在跑開，
到岸邊，是那一邊。

2004年4月25日，海甸島

即景

他嘴裡嚼音樂，滿臉崔嵬藏了魑魅。

左派的白雲鑽出右傾的蒼狗，舔腳扯褲腳。噓，請
噓一口氣！

砂糖混進了咖啡，越攪兩眼越黑，

紈絝空洞裡懸的不是氣球，是鐘樣的濕漏斗。

噓，請噓一口氣！雨來糾正階級理論，

蹦起一點點灰，霧因桌上燭光而顯山露水。

陰陽風剃頰鬚無須懲戒？鄰座的小重山

裹潛了避雷針。噓，閃電才是一口真氣！

2004年4月29日，海甸島

歸來

吻也鹹鹹的。即使吃洋桃，
她也習慣了撒點潔白的鹽。

你吻過她。剖開剛買的墨魚，
理出一根根透明的膠狀骨刺。

砧板上還有一條細虹紋身的熱帶非魚，
凌亂內臟像偷吃了難消化的烏雲。

那個漁民細浪般數著嫩葉的綠鈔，
海風吹動沙灘上額頭的皺紋。

他彎腰把網裡的一隻斷跟涼鞋扔進波浪，
小黑狗游過去銜回來又放在他腳邊。

剛才，在你與他論價時，
他還衝你愉快地吠叫呢。

你叫她看，那網多白呀！
撒進藍色沸水，不見了。

2004年6月22日，海甸島

流星

夜半散步，累了。
躺在草坪上。

周圍已無人。稍遠處，
也只是汽車低低劃過，

——突然響出兩聲卻是悠長汽笛，
誰知道那是什麼船兒或來或去。

白天，我已見過太多的車船，
但真的還沒看見這麼多星星。

有一顆向北滑去，不比最快的車快。
沒有聲音，去了一條看不見的街。

我說……安靜點。
剩下的就不動了。

但我也許是希望有一顆星回來。
啊，那只是昨夜半不朽一閃念？

2004年6月22日，海甸島

今天像昨天

明月不歸沉碧海。

——李白〈哭晁卿衡〉

百川異源，而皆歸於海。

——《淮南子》

黃昏我去海邊散步，
海水洶湧如昨，大片白色沙灘
像女人小腹，退潮後有不少東西：
拖鞋，樹枝，車胎，塑膠袋，泡沫，
海膽，棋子，速食盒，香皂，筆，
髮卡，衣服，磚，馬賽克……
以前我並不留心，有次無意中
卻撿到一塊手掌大的小方木，
上面一排英文：「FRANCESCON」。
「N」處鋸斷了，下面是「07-02」。
我把它放在書桌上，像莫名的禮物。
此後，我就開始注意沙灘上的遺物。
去年夏天，十年不遇的「伊布都」
強颱風後，我在沙灘散步卻碰到
另一件禮物：一隻狗，凌亂腦袋

像泡爛的椰樹樁，沙埋住半身。
它是我的朋友，住在二百米外的
木板小棚屋裡，好多次散步經過，
它都愉快地衝我吠叫。因此，
我認得它，也認得那裡住的
一對漁民。那段日子是海灣戰爭，
但我的確為我的朋友很傷心。
該為死者做些什麼呢？
在防波堤後的草地挖個坑？
或者坐船把它帶入海心？
第二天，我就沒再看見它——
捲走了捲走了——漁民的方言
波浪般難懂，可它比每個人都
活得久。事實上，前年夏天的
颱風後，我也看見過另一件禮物：
一頭豬，毛髮寥落，露出團團
白癬般的肥肉，脹肚像嚥下了
整座颱風，雪白肛門使勁外翻，
在淺水區隨整座海起伏。
我看得久了，以為它會爬起來。
它的嘴好多次都舔到了細沙。

我養過豬，屬相好像也是豬。
小時候看見父親殺豬，那叫聲
像此刻一個個浪頭擊向防波堤。
這聲音今天卻是不可以揀回家。
我坐一會，落日像昨天沉入大海，
海霞很美，配得上西天的明麗。
半小時後，有光從海裡射向天空，
烏雲在變白，沙灘和上面的物什
在接近海水的模糊，下一次潮來
會帶走它們，也會帶來新的禮物：
我認識的一雙鞋，一只錶，一副眼鏡，
一個手機或其他？會重新聚合起來，
穿戴在一個我再也看不見的朋友身上？
他會說：「喂，浩子，怎麼樣？」
像去年二月十日中午在新港碼頭那樣，
我擁抱他……

2004年6月24日，海甸島

詩

要下雨了，一群鳥從烏雲裡飛出來，
也許是飛回來？
腹部潔白如手心。

一隻鳥飛過面前，比
一架飛機大。
逆風落下，像一張有待鳥喙拾起的紙。

啊，迷亂的蜻蜓——死者葬儀？
我竟然伸手就抓住一隻。

海風也抓住每一隻，
和我的手。

海面也黑，真的無路可走。

波浪之路，爛在海中了。
有時候，它是一根根滾動的褐色空心管。

海水填充一個聲音的空間，
相互都往外擠。

閃電像魚叉，在船頭晃了一下。

它用看得見的眼睛說，
波浪被關進了電腦，
滑鼠像鼻子逃逸上岸。

島是這顆心臟。波浪是，船也是。碰巧那裡有座海
　市蜃樓，也是。
如果海上有棵樹：葉是，枝是，果實也是。

波浪重複這個單詞，「是。」

它退下時說的「否」也是「是」。

拴在鏽紅鐵鏈上的船，像隻不安的狗
舔黑浪。鏈在響。

鐵鏈拴在深深的錨上。
島可以沉到那裡。

一個喑啞鐘舌。
陶罐。

我在海甸島。我要再次回到海甸島，
有時是用指尖，
在地圖上。
像一滴露，
漸涸於漲起的海水裡。

蘇格拉底在波提狄亞的陣地上整整站了一天一夜，
未曾走動。

波提狄亞是一座島。海水在周圍。
魚是其中的一塊石頭。雨也是，
扔進海裡就沉下去。沉下去。
腐爛了，骨頭還在。

島上到處是石頭，風在裡面遊說。

我給你寫信，報平安，但有些話真不好說。
用石頭鎮紙。

要下雨了，海上字跡模糊。
語法也淩亂。

雨水也可以弄髒玻璃，如果透過玻璃看，

那一雙腳沒有被海水打濕。

但雨水濡濕了它。

他是離開還是到來，還是出來？

我的狗多可愛，他從不說話，
只是叫。然後就是沈默。

我睡覺時，他睜著眼睛，很少看我。

暫時像一棵樹，我在樹下避雨。
雨水洗掉剛才拍樹幹時
黏住回聲的灰塵。

愛看我周圍的世界，在呼吸中凋謝。
它在思想，像嚴肅的空氣。

雨澆熄了遠處廣場的噴泉。
每一朵花都關上了窗。

※　※　※

詩，
是另一首詩。

這首詩是一排浪。回到海裡，
沒有傷害海。

我沒有傷害我曾經說出的
單詞和嘴唇。

有一個詞成了空殼，在我的衣襟上。
一排浪灌進又溢出。

那個詞碎了，
一灘水。

我的舌頭陽莖般，軟了。

我渴。我吃下一雙渴死的鹹魚，借用它的腮說，
請遞給我一杯水。

天啦，水上都寫了些什麼呀？

它們留下的每一縷風都相同。
如何記得住？

沒有關係。

詩，
插進兩片浪間，說話。

我受到警告，颱風將在兩次朗誦間到達。

把船署進那個粗眉般彎曲的黑標題下。

關好門窗：擦去豆號，分號，句號，感嘆號……
扳下問號，省略省略號。把破折號發射到燈塔。

這首詩純淨了。

我朗誦她，純淨得沒有一點聲音。
是純靜。用方言說兩遍。

蠢淨。蠢勁

※　※　※

三個女孩領我去游泳。

一個請我吃葡萄。
一個請我吃芒果。
一個請我吃山竹。

果皮像海鷗，泳裝般飛了。

我被曝光，在一張藍色底片裡。

手撕開皮膚的地方，
永遠有海水噴出來。

你手臂裡藍色靜脈的一抹抹遠山，時隱時現。
對應於水之琴弦。

琴聲源於小腹。
肚臍眼聚滿光。

一隻鸚鵡螺的耳朵貼在海灘上。

「我的小公主，毒美人，
淡黃褐上棕色紋……」

肉紅色殼，上面有
棕色紋雲斑，和突出的細縱肋。

雨果說：「庸劣的作者，應被按在水中。……但是，
我的朋友，你會游泳嗎？」

其中一人站在那裡理濕濕長髮，靜靜地，
溢出濕濕的人性。

另一個還在水裡波動。
水還在波動。

最後一個彎腰走向沙灘，
她的救生圈套在水的腰上。

其中一個是我的長輩。
一個是我的兄弟。
一個是我的老師。

我是我最低的目標，和對手。

我請她們去游泳。
因為我不會游泳。

孩子們用指畫圈住任意一粒沙。太陽。
他是我的赫拉克利特。

再畫一個橢圓之唇圈住這枚太陽，說，
看看我，看看我。

哦，海來救下的額頭的曲線
又爬上你的側影。

看看我，看看我。
波浪，
……說

※ ※ ※

詞，磨著流水，克服熱。
扁平的詩，

扁平的鱘魚：
蘇格拉底。

啊，落日入海，回聲也消失了。

我欠他太多，我的流水
偷走他正提在手裡的魚。

樓梯在那裡。

在那裡？

木星和火星閃耀在小汽車的前燈裡，在稀泥塊狀的
　比目魚的眼睛裡。

請用海帶或魚皮鞭讓車溫柔地跑起來，
尾部吐出一串白色氣泡……

記住：她的婚宴時，是海水而非淡水，在杯中變成
　好酒。沒有杯子。我使勁
捏這杯水，讓它燃燒。一隻手摸到她閃爍的腰。樓
　梯在那裡。小汽車
受孕於鮑貝之玄牝，
變出一群羊，
一朵雲。

她扭動肢體過來吻我，
像跳舞的彈塗魚，
跳到紅樹林的髫鬚裡吹海風。
漲潮時，我在沙灘上埋竹筒。
退潮時，我挖竹筒。
她在裡面聽。

《閩中海錯疏》：「彈塗，大為拇指，鬚鬃盲斑色，生泥穴中，夜則駢首朝北，一名跳魚。」

《海物異記名》：「登物捷若猴然，故名泥猴。」

陳衍重纂《福建通志》：「跳魚生海島泥塗中，大如指，善跳，故名。俗又名花跳魚。」

《孟子・梁惠王上》：「以若所為，求若所欲，猶緣木而求魚也。」

「緣木求魚，食不得魚，無後災。」

孟子說。

我記下：

一條魚游上來。磨著流水，克服熱。

※　※　※

用毛筆寫字，筆墨可以很輕。

如無入無，我寫一個反字，

正面看不見。

可摸，是一個平面。

水平面。

那個字躺在這首詩裡。

這首詩躺在這裡太久，熱氣漸盡。

請摸它，然後，

它回到海裡去修改那個字。

我關窗時，兩截迅速合攏的詩

夾破了中指節的皮膚。

有鮮血，鐵腥味。

有一條大虎鯊，在附近花園裡。
它是近視眼。

那個字逃出來。
顏色在加深。

我踢一顆石子到車輪下
碾碎……一灘水。

槍烏賊激動時，由無色或半透明
變成殷紅或橄欖棕褐色。
墨水瓶被深色皮膚掩蓋住。

※ ※ ※

我的確還沒認識到：對自然之愛就是對人之愛。

我相信人是自然之子。

島上老鼠很多，不怕人，
怕老鼠。

蝴蝶也很多。我不想睡覺。老鼠偷走我的照片，
與它交換翅膀上的一點金粉。

我的「想」錯了？該坐上門前左側美紋的礁石。
光碟倒回來，蜜蜂的蜇螫讓它憂傷而婉轉。
音箱破了，紙糊的臉
受到毛筆的傷害。

一地流水。

我相信自然之子是人。

我愛那個漁民編的無沿竹帽，像家鄉的漁簍
籠扣在他頭上。半月形帽舌
擋住射向眼睛的陽光。

「月蝕否，潮如何？」
他時髦地使用方言。

當我們覺得要有發明創造時，
是他所不屑的。

在一張照片上，網挖掘的深度，
包括光在內，蝴蝶，以及老鼠啃噬的睡眠。

自然。啊，
自然使他是Adrian，Morgan，Doris, Jennifer，Mamie，
Margaret，Molly，Marg（Maria），Marina，Pearl，
Peggy，Polly，Winifred，Rosemarg……

※　※　※

海不停遺棄它的魚。
……孔子。其子鯉。

「魚我所欲也。」
孟子說。

「魚不可脫於淵。」
老子說。

「孤之有孔明，猶魚之有水也。」
《三國志・魏書・諸葛亮傳》

子非魚。

魚形鑰匙，古稱「魚鑰」。

甲：一隻爬向我的海龜。
丙：一隻上釣的鯉魚。
《爾雅・釋魚》：「魚枕謂之丁，
魚腸謂之乙。」

他用海平線和光之間的角度
來導航。

告訴我
P，R，O，T，E，U，S
為什麼是普洛透斯？

2004年7月，海甸島

去海邊

實在空閒時就去海邊觀瀾：
實在或空閒。我這樣汲汲事因，
無外乎想到這條路會引我們
到海中央？也許是這樣，
路兩邊的草地闢開腥騷裸泥，
海鷗調戲打樁機的方式很好笑：
用連續低譎的怪叫去修改
隆隆回聲。這影響到我近期

關於句讀如何控制排浪的看法。
是有另一些看法，還不會像雨點
把路面解釋成清晰的粥樣。
「我為什麼要解釋？」
至多是一些想法。颱風兩年前
就伐倒了這片哲學的防護林，
失戀者遠涉重洋卻找不到
上吊的枝柯，最後鑽進這只腐果
熄滅了自我。如你所說，
這也是認識自我。雨水清理出
痰跡般零星的果核，我的雨衣
是關於雨的反應。別人的？

我不知道；也沒去想向未來者
推薦路盡頭液體的海——
千米外的數千米，
值得死上數萬次。
關於波浪的反應，我們的
眼睛是教堂：實在又空閒。

穿過這些未完工的船樣截樓，
「我像那個將要拜訪的泡沫？」
穿著與她同樣一摸就破的睡裙。
採自土地和大海的水泥，
被升降機傾進半空中鏽鋼筋般
海妖的亂髮裡。工人們忙碌著，
落日的嘩嘩聲在胯下追逐，
安全帽是安全套。
再過半月或半年，樓房
就會在各自的位置上
顯示出比船更得體的修養。
海鷗也會來客串家鴿，
由這條路去參加航太比賽和國慶。
我甚至比它更好笑，不會把現在

腳手架上的民工譯成逗號或嘆號。

但我告訴你，

我在這裡寫得最好的詩

恰恰是一些句讀和語氣。

2004年12月25日，海甸島

第七輯

2005年

尋根協會（回贈臧棣同題）

尋根上山。峰頂的暴雨
灌進你峰腰出岫的手機，
短信突如閃電，消失於
群峰按鍵上天池的蔚藍。
蝴蝶也是短信，為了贏得
鳴鳳之心，夕光來糾正手影，
為了把到手的放走，有一次
你真的抓住的這隻影變的手
像你身上的根，纏住
一起上山的樹，時疏時緊。
有一棵截斷朽黑的數抱無名，
螞蟻吸光了她的滄桑內臟——
你的根努力把你的身體
拉向她的內部。樸散為器。
我擔心你的氣喘鬱鬱
也會中途脫殼隱去。
但我爬得快極了，
山頭我過去的風頭未及白頭，
而前面只剩下下面。
峰頂無人。我發現山腳那棵古榕的根
卻在這裡給粉嫩山頭梳小辮，

髮間夾飾的草痕濕濕如墨，
標示出我們的確曾閱讀到目錄。
風停時，雲先下山，
落在後面的雨點數著
蛙鳴：他們蹲在樹下，
不動，像樹根結出的卵石，
你的詩在上面織出一層青苔後，
像一對笨蛋？我們的舌頭？
而你總是被你的詞語滑倒，
每次仰面摔下都像是給天空簽名，
稀泥中的筆跡瘦硬古拙，
屁股上蓋滿了大地的手印——
我從未見過這麼多明星，
看啊，有的來自印度或爪哇，
而來自京城的那顆被放進了
這群峰的烤箱，夜涼如水時，
突然變成了窗外這泓小小軟表的天池。
正是熱戀季節，魚躍短信，
你很不走運，大半夜才釣上
幾條你發送它們時用的無聊
指頭——根上的細根啊，

僅僅因為魚餌採自峰頂的雲團？

而今天上山下山，我們點綴的

那同一條路，不如說是同一條根——

沿著這輕盈釣線，

天池深處的悠悠，

給我們孤傲的心充足了靜電。

2005年7月，海甸島

乙酉秋與吳勇河心島飲茶觀鷺一下午

一半錦江停住像湖，一半翅膀像湖在動，
三三兩兩的，半日閑偷不來半日現。

清晰薄霧清洗我的手指飲菊花以謝，
你的竹葉青在玻杯裡展開揉碎的柳堤。

遠處九眼橋，此地望江樓，無觀聯；
照耀島嶼的光不來自偏愛，來自反光。

你是你，我彷彿是你，心多出一個你，
那裡缺失的兩隻並不是這裡多出的。

翅膀剪開舊浪像要解釋一封信如何
用西嶺千秋雪寫成？河流展示一面壁，

臨摹出俯身的曲頸竟然是一把古琴
抽芽的兩枝。滑翔太美了！應對入滑稽。

2005年11月9日，12月2日，成都－烏魯木齊

第八輯

2006年

元旦一天雪

雪花黏住眨動的玻窗。
外面曾是暖洋洋的海。
白色樓群在對面聳起。

幾隻麻雀，黢黑乾果，
掛在矮灌木枝頭轉動；
之間還有些楊柳松榆。

雪給雕塑增溫：天鵝
翅膀比熊貓的臉皮厚；
長頸鹿脖粗過黑犀牛。

石桌和石椅叫叫嚷嚷，
覆雪也要用口吹手彈：
你的車直走入下水道，

我的馬拐角嗅到梅開；
奇正不避兩袖寒氣傷。
雨亭不避雪，凌亂的

腳印來自狗和牽狗人，
眼裡嘔出的青青鞭炮，
裝點樓角圍欄的花壇。

無意中聽到窗裡閒聊：
某人給某人送去燈籠，
摔了一跤，以為玉碎

能換來滿地的俏皮話。
她找回影子，在吮吸
兩扇玻窗糾纏的反光。

呵窗外是別人的窗外：
波浪的剪影是一把傘，
蓋住泳池邊上的天山。

2006年1月2日，烏魯木齊

新詩

鐵扶手吸引曖昧手溫；
去年雪爛下去年前的
又一梯。水閘如印刷機，
吐下紙張墨蹟，
採摘橫簷斜冰的麻雀，
來裝訂大地消瘦的褲頭。
飛機沿粉筆線，
一圈圈剝削凍青梨；
額頭街巷蠕動著，
兩鬢草坪像一對肉翅。

浮起的積木是要去的
印廠：門前乾淨，
停靠的白色麵包車
也載人來往。
裁刀下的新詩集
是友人自選：
輕型紙消化我們臉上
排排白楊的影子。

這掃雪的毛筆，

用舊的橡皮，和滿地白話：

新詩為什麼是新的？

2006年2月18日，烏魯木齊

節後

零星小雪點綴幾天前的小雪。
小店插播的都是晚會的春歌。

烤肉和饢還不夠熱。我仄進
網吧，在螢幕上也練練殺人。

女網管的白線帽裁自鐵絲網，
黑手套敲鍵盤，其電腦計費，

精確到不人性。有個電話確
是去年打來的，幽會等不及

雪化，就遮罩了。磅礴鞭炮
屢屢攻散硬碟裡的縷縷鄉愁，

打折短信如歧途。隔壁夜半
吵架：男的跺腳，女的哭叫，

摔門後又相互敲門。輕薄牆
糊的音箱不再共振？天亮時，

真相大白：續午覺以慰酒瓶。
窗外草地是小夫妻都愛吃的

小蔥拌豆腐，雪已修好樓梯。
凹陷的水池心，去秋散落的

噴泉，引來烏鴉的淡藍離影；
牌桌上假山的疊影來自嘔吐？

她撥動舌下的小樓盤，停在
褲襠外的鐵公雞吹口哨傷人；

還要為計畫的金絲雀修樂譜，
拿哈巴狗演奏的巴哈做前奏。

隱忍的關節炎讓雪憋出冷汗。
好天氣正掀開南山的滑雪衫，

露出胸懷的白蛇，吐草信子，
老娘新傳惹火不下身？演員

都是客串，扮許仙的女孩也
扮農夫，說起話來顛三倒四：

什麼公無渡河，但可逾牆走；
什麼身無鴿飛翼但有水牛角。

我們投資到地平線，是辯駁
解脫滿山的白石。不容青春

篳路藍縷啊，浮生的花生槳，
梳亂銀河的無間道，我抱住

一塊發酵的路牌。你笑起來，
好迷人。太多美灼燒我眼睛。

但深藍薄天，剛在冰箱凍過，
拿霜淇淋的無理手未長指紋。

2006年2月25日，烏魯木齊

三月三日

他們對雪動手腳，
春天要來了。

鐵鍬嘴裂開黑冰，
滴下的口水塵鹵，轉眼就不見。

除了工地新挖的大坑，
土地都是去年的。

馬路不平一側，積滿污水，
不利涉，滾燙車輪切出些白色水花。

擺地攤的老鄉說，夜市要開張了，
這裡熱鬧得很，什麼吃的都有。

主食之外，需要點小吃
來注釋：瓶插得以家聚郊野之氣。

突然想起成都某街，
夜半串串香恐怕要多過海口的馬路天使。

那是怎樣的勾心動魄啊，
街燈依次剝開水果的晚禮服，裙簷滴下

迢迢冰凌，正好補砌這休閒廣場
一角的電子顯示幕。

此起的烤肉爐，列缺霹靂，
富態的飛天男在條款間調戲加夜班的孟姜女。

夜越黑，心思越明，
啤酒沖洗肉意闌珊的下水道，

嘔出生鐵井蓋般的大舌頭，
像這髒街身上解凍的香皂。朝霞的濃痰，

洗出上面的浮圖字，誘來覓食麻雀，
稍不留意，就瀉了窩囊氣。

2006年3月3日，烏魯木齊

秋風辭

取款機裡的新鮮落葉，
給青春買交強險。

風擠出滿臉雀斑，
過斑馬線如跨欄。

燈箱裡駭客戰劍客，
榆樹上電影票炒傳票。

廣場新近克隆山水屏，
鄰家青松妝成反叛的碧玉，

胸前包裝出一對蹉跎——
青春期的詠歎調，

被更年期的樣板戲調教。
臉正臀圓，男人的股票，

女人的期貨，漲伏曲線，
復活人性三圍。

網戀的烏鴉都是黑頭公，
閨房裡閱兵，殘月長庚。

露水夫妻，桑拿婚姻，
合歡被上孔雀東南飛。

杜秋娘在財富榜攀到前十，
新雪給貸款塔樓戴避孕套。

2006年12月30日，烏魯木齊

元月二日病中作

雪呼吸空氣中的煤灰；
滿院膏藥，催熟皮膚。

逮來窗前擦汗的毛巾，
擰出箭頭和一對冰凌。

井蓋喘熱氣，呼吸道如下水道；
此地新疆，宜用偏方。

報紙翻到一半，觸手的文字，
到方劑裡拌凶神——

宰牲節前絞殺薩達姆。
遠志小草；我非彷彿。

2007年1月2日，烏魯木齊

第九輯

2007年

舊地

我有的是意料不到的閒暇時光。

——埃斯庫羅斯《普羅米修士被囚》

之一

樓梯也通向地下室。
爛桌子爛椅子，鮮如痰跡，
是用來請你咳嗽的。
那些酒呢？用來寫字。
寫完就喝，還兼治感冒。
有次，你高燒得華滋華斯——
他為你款款朗誦了。
昏沉沉地，你睡著了。
我今天沒帶書來，
因為你不必在書裡。
我剛好路過門口，
小賣部的香煙
還很嗆人，
給夾緊它的手指，
鬆了綁。
一日，未必真假一事。

之二

我吃過你炒的苦瓜。

愛吃。夏天未到，

我盼著院裡的桃花結苦果。

紅心蛋不苦，冰箱裡有；

好的番茄也種在

西邊超市的闌珊裡。親愛的，

我們去做飯吧，二人轉，

偷偷造生活的反。

磨刀霍霍，菜板床板，

雙親把我兩面趕。

雞蛋最終煎的兩面黑；

水煮魚厭煩湖海氣，

泡沸水裡，上網聊天。

一日三餐，我們

頓頓補鈣，又相互感化：

魚刺，時而是雞翅。

之三

我知錯。一半的正確，

補救不了淘氣愛情的歪酸。

我是舊客，並不主觀。
周圍新蓋的高樓，
青蔥可伐，舊草坪，
如牛皮蘚，捂住剛掘的
屁股眼兒。楊榆的節骨眼上，
苔蘚的筆觸，探到點浩淼。
懸在防盜窗上的塑膠袋，
測不準，像斂翅的野鶴。
我給別人設計的封面，
有墓碑味。分手過，至少一次，
我再也下不了手。
袖手是陡然長出來的，
可以縮回去；
枕頭卻不能回頭。

之四

小巷兩邊，地攤或貨郎，
兼賣免費吆喝，和口水。
我買魚買肉，賣文賣墨，
憑坦蕩電腦蹉跎手腳。
丈量感情的句子，

給老鼠吃了，
水龍頭吐出一灘壞帳。
牆外是遺香，牆內是機器，
克隆些新遺址。門口有人，
圍著，不像下象棋？
亂蹲馬步，撞了跑車，
反過來向邂逅吐納離騷氣。
我想來看你如何隱身，
小偷騎走了單車和夜，
鋸斷的鎖鏈，半鎖住
電杆腳，像逃脫。

之五

……幾點鐘的球賽？
……幾點鐘的考試？
旁邊的床上，在修橋。
人吃的禮教，衛生而經濟，
難免不動人以淒涼。
臥室的溫度，熨皺了
花窗上的歷歷青霜。
……幾點鐘的生日？

……幾點鐘的電話？
我否認相逢是因無恥。
霜淇淋弄髒了蘿蔔絲。
我領你參觀衛生間，
熱水器像黃書包。
這星空織著滴水的浴巾。
隔著白酒瓶，有人隔夜
送我台半壞的洗衣機。

之六

突然的雨點，裝訂我的衣領。
網吧不拒今昔生客之膚淺，
暫借一隅，查查走後，
我到底冒充了誰的雨衣？
借光、借光，障我者，
半路的駭客，沒收我
未來的懦弱和非線性勇敢。
善心夜的腐敗，濃如棉團，
水果刀扎進去，像尿頻。
處方簽上的每味中藥，
只安慰各自的身份。

隔壁藥店兼賣殺毒軟體，
挽一絲雨，給冰箱裡的
木馬木雞，報個淋漓春曉。
打開時，才知悲劇主角，
是作為背影的，僵硬背景。

之七

你遇到了更幸福的麻煩。
掙脫滴水的衣物，
要從肚子裡翻出皮相。
我能從任何地點，
畫一翦梅樣的平行線。
粉拳女權，在短衫上，
搗鼓的一對夢幻深淺，
習慣把責任推給不濟。
聽朗誦的確不如讀死書。
憂鬱什麼？姥姥用瞎眼哭，
用癟嘴笑，和你扳完手腕上的
青筋後，摸你的乖乖頭，
摸出一對海角？很好啊，
那裡土養人，這裡人養人。

孩子氣？有時，有點甜，
受惠於你，和你的訣別意。

之八

這裡。廢棄的角落，
已是盲文，摸爬滾打後，
渙散成蔭。缺失部分陡峭。
鏤空的窗，兩樓的梯，
中間抱憾的風騷，
依依裝飾新來的闕疑。
踏空的錶盤是你的，
有時間來暗算，
兩岸喜劇，少根主弦兒。
對立面統一成小口徑。
你肩上扛來一串蝴蝶，
我手心裡爨一鍋粥，
熬到痛處，配幾聲嘀咕。
不分彼此的癒合，遠和近，
獻給這裡的某棵樹。
就這些，就這樣結果吧。

2007年4月9至13日，萬泉莊

帕米爾之夜（給西渡）

拽你夜半起來看星星。
……湧過來吧，
大堂的波斯地毯又髒又舊。

草灘分享到些微光線。
馬兒不走了，
嚼著草，背上沒有印痕。

你教我認識北斗七星。
陌生街巷，熟悉燈光，
我們不出生在這裡。

周圍的山，旁邊的石頭城，
都有名字，黑黢黢的，
不用看著臉說話。

車很少，來路去路，
不分你我。半路上的湖泊，
半路上一半的不悟。

雪山送來融雪的暖氣。
不想睡，就不想醒，
烏雲哄抬著達阪，跑過來。

往上看呀，北京，江南和四川，
露出三生的腳趾：
帕米爾，塔吉克，塔什庫爾幹。

2007年12月18日，海甸島

第十輯

2008年

急就章，給我的寶貝

我窮。但我多麼迷戀歡樂啊！
女人的，書本的，詩歌的，
……還有，你的。
我還活著。不算太老。但我經歷了一些死亡：
親人的，朋友的，陌生人的，
還有，……你的。
但只有你是我親手埋的。
你愛喝的牛奶，我也愛喝，沒有了。
空紙箱正好裝殮你發軟又發硬的小身體。
腦袋，
正對我的南窗。
窗後是書架，書架後是臥室，
臥室後是燕山。
你跟在我後面，也愛看山。
今天，我故意用她寄給我的舊信封
擋住你腦袋前的這面土坑壁，
因為，
山太孤獨了。
弓起的背，一直在奔跑，
從來沒有拉直過。
現在，它停下來，

山腳亮起了燈火。

現在，你不孤獨了。

三個月前，

我在垃圾箱上撿回一隻無名信鴿，

右肋和左翅下，都是拇指大的血孔。

也是半夜，

也用這樣的紙箱，

埋在你的左邊。

你的右邊，是我每天進出上下的臺階。

且出門去，且出門去，

……咬我的褲腳吧；

且歸來兮，且歸來兮，

……咬我的褲腳吧。

有時，你會咬疼我的腳趾——

你迷戀的歡樂，為什麼只是我身體的一個小的部分？

它還活著。鞋也活著。

我深夜挖土，

像盜墓。

有人說，動物是沒有靈魂的，

不必在園裡隆起一座墳。

草地像沒有動過的烙餅。

當想到還有一個存在不存在的世界時，

我還會活得又真實又虛無，

也許這才是唯一沒有辦法的事。

2008年7月15日，沙峪口

小東西（給SL）

飛呀，飛起來才看清你多麼小。

兩邊的草叢和樹林，

我不認識。

你把夏天收集的簽名展示給我看。

一條白天裡曬得灰白的路，

小貓般，隱伏腳下，

不通向你我。

我替你數著你腰上閃光的痣，

有一顆遺落在水庫邊。

每一個這樣的夜晚，

它數著細浪伸過來的手指，

給它們戴上閃光的指環，

等後來者領它們空氣般離開。

它們會等很久很久。

一些我喜歡過的石頭和露水，

鼓噪著，

從寂靜裡帶出泥來。

身邊突然而過的車燈，

照見這裡的確杳無人煙。

黃昏時，我們進山吃飯。

現在不回去，

很黑很安全。

聞起來又香又甜的草葉集，

把餐布裝飾得像床單，

遠山一角假寐於杯中可樂的沫面。

2008年8月14日，沙峪口

八月十五夜別續冬後與小蓓王凡坐靜之湖高壩上

摩天大樓之間曼哈頓的滿月
禁止它。

——特德·休斯《生日信箚·代價昂貴的話》

……南北有多遠？
一念之差吧。
水庫有多深？湖底已是玉米地。
月亮嵌在你我之間，
不是一個硬幣的正背面。
有一些光線，繃帶般解開白楊的逸枝；
蘋果林像個窮親戚，
把一切風送上來。
我以前留在這裡，
看山是山，看水是水，
分辨仁智如你，忠愛如你；
小船滑到湖心才開始原地打轉。
有一些歡愉，還是那麼少，
鳥和蛙也不同時鳴叫，
何苦還要動口角
來吵鬧？午後電話像這林間路，
輕描淡寫地

把山又帶回到山邊。

袖之一端在洗衣機裡喘息，

這月光是曬不乾的。

我吃完晚飯了，慵懶不二，

住處離這裡八公里。

……東西有多遠？

這高壩長堤除了供人坐坐，

不再限制把船划進地裡。

2008年8月19日，沙峪口

第十一輯

2009年

流花車站行（給申舶良）

※　※　※

在潼南或庫爾勒，我曾這樣坐著候車。
我不認識眼前的人，突然想起昨天的你。
靈通觀到西客站，地鐵又畫上了眉睫。
汨徂南土，身上不寒，我去續半杯熱水。
還要數小時才到海安，再上船，過海。
我要去我去過的地方：我舊貌，你新顏，
別來無恙啊！電視狠狠地出賣著廣告：
「大家好，才是真的好！」我不是不相信。

※　※　※

遮羞的天花板倒懸個紅燒的光頭壞蛋，
拷問我的生庚八字。斜對個的小母女倆，
手機譯著方言，拉杆箱兀自一邊生重。
那孩子不是你的，不是電話那頭拖欠的。
旁邊的紙牌在指間嘻嘻哈哈，肌肉男
手氣好，「嘿嘿，剛摸過……」兩兩相對，

吸煙室回來的寡臉，褲鏈處露著屍布
包裹的大腳趾。輸錢不輸志，且買票去。

※ ※ ※

時間和位址，燜在玻璃門上端的電子
顯示器裡因發酵而發顫。哪裡是麥當勞？
窗外滂渤雨動，窗上鐵皮蕭邦蕭邦響。
新來的車跡在賦格清晰的硬地上往裡滲。
我不濕腳也可以過海，但衣領討好著
鄰座起伏的美胸。我迷戀過那樣忽悠的
長髮，垂向腰間四百八十寺，贏得青
樓薄倖名。剛走的車空大半以候半路人。

※ ※ ※

剛來的乘客剛下火車，滿臉山水壞賬，
一個病毒電腦殼，鍵盤在未來安排角落：
晨起讀古史，夤夜賦新詩。不溫不火，

開裂的桌椅，權當失戀過；火腿夾泡麵，
垃圾桶歪瓜裂棗，滴水觀音般無聲哭：
她因天真而累，因可愛而雷？我誤解了：
送人以短信，送我以長矡？阿彌陀佛，
請問，今天是中巴中道，還是大車大乘？

2009年3月2日，海甸島

開封行

※　※　※

小會計深埋地下數米，算出今日前朝
只隔一層水泥。天子鑿龍池引未來飛船
升上鐵塔，裁合歡被上的雲裝飾桑拿。
你請，你先請。且就詩論詩，不裝衛生。
三輪車停就羊肉湯，兩碗燴麵，一把
大蒜，偏要風流得口臭。呵呵，帝國的
酒店壁上，趙家花鳥被雕成了金鳳凰。
太學邊的欸乃巷羞澀地皴出胸毛和枯筆。

※　※　※

台還在。我來，你先來。簫管變楊柳。
冒牌的你，太白，感染我鑒天波暗自美。
等一段剎車聲剝開穆桂英塗鴉的器官，
十八般武藝，二十四橋，三十六不夜天，
吹拉彈唱，此公園本是瞎子曬譜勤王？
讀書人多到大樑來更衣，飲杯中酒裝嫩，

解古今追撫往昔，順手給粉頸標句讀：
月滿一半，陰陽臉；鐘敲三聲，向日葵。

※　※　※

御街和繁塔之間，緊缺一座幽媾樊樓？
瓶上釉，衣上鉤，裸體適合出演梆子戲。
宋江更像個戴綠帽的第三者？包文正
罰倒拔的柳梢頭在夢裡發短信，攜帶型
拔毛鉗清理下巴上銀行的裙帶；花草
在綠化帶丟失了花名冊。電話打通黃河。
絕堤後，這裡被閹割，倒懸的寫字樓，
隨時想從腳下舀蘭湯。而冠冕大於浴缸。

※　※　※

這裡買票，鄭州上車。我趕上豔陽天。
火車有意從遠處路過這裡，丟下點痙攣。
排窗如麻將，揉眼眶時，掉幾塊青磚。

我走，你還在。掉一些書袋：中庸當然
不如左道來得右派。看看，南邊朱仙，
北邊陳橋，進商丘就黑面。丟了克隆的
本我，過山東時，冷汗從後背湧出了
舊前景：曾經的三國志，未來的二人轉？

2009年3月5日，海甸島

六月十五日午後與文波梅丹理登首象山

三個人，膚色漸深地
配合一年比一年茂密的灌木
爬到半山腰，
脫了T恤，
迎風鼓起肌肉和岩石。
除了不健美地隔著草木
悠閒地
尿尿外，
實在是沒有什麼再值得
炫耀的年輕的器官了。
其實，我也爬到了山頂，
還向南邊望了望，
今天的霧濃得有些矯情，
從一堆堆舊書裡分泌出酸腐氣後，
有意留下的這個清晰山頭，
還長滿了帶刺的酸棗
和不屈的塔柏——
天生的，手栽的？
知識越多越反動，
連常說的虛無也被遮掩得
富有歷史感。

一隻灰雀斜插進去，
像個第四者，
一定先於我們精通現實的騰空術。
但我更看重山背後的山，
高與髖齊，
只需我足夠輕鬆的一跨步。
但我沒來錯地方，
那麼多野花把蠟燭點進山陰的褶皺裡，
等我去吹熄。
那麼多紫的、白的六月雪，
一晃就在路邊開了二十年。
那時我沒想過會來到附近的城市和鄉村，
也不是這花下的一片葉。
即使再過二十年，
這裡也還不是你們的俄亥俄和劍門關。
可山腳去了又來的火車，
興奮得像頭查拉斯圖拉的老白鯨。
——滿山都是燃料，都是波紋。

2009年6月18日，沙峪口

即興詩

東邊的館裡在上網，
畫框在牆上漸圓，
法拉利是用巧克力畫的。
南窗的小樓在裝修，
鑽孔像磨牙，
口水往屁眼裡滲。
西邊村口的喇叭通知開會：
防豬流感有妙招，
曝曬內物外皮，
直到曬出豹紋。
北窗的雲停在北山上，
像藍瓶裡剛泡的白鯊標本，
翻個身，尾如爛柯，
三碗不過崗。
那裡沒有溪流，
有草坡、水庫，和採石場。
我熬綠豆湯，煎豆腐，炒苦瓜，
什麼調料都缺，
什麼胃口都有。
我不練字，筆不吸墨；
不關電腦，螢幕已被扒得精光。

空氣有餘熱。

天更熱，

我不苟合，不苟且；

打蚊子，不打鐵。

2009年6月30日，沙峪口

續旅行紀

霽虹橋（給桑克）

過了橋也不是彼岸此岸。
也不是善於辭新迎舊的懵懂年紀。

過不過我都不會在這裡看別人過橋，
因為別人早已是我熟悉的別的人。

因為汽車在橋上。
火車在橋下。

它們和你我當然不一樣。
當然也是想當然的。譯曲取直醞釀

突然生趣：厚實的生鐵護欄遷就一二婀娜盆栽；
翻新出些許古意的橋身仍然洋氣十足。

但我只模仿我右手的食指，
豎臥在書崖般對峙的上下唇之間。

上下行要押韻，上下班要平安。

這裡積雪時，是不是更像一篇勸諭的散文？

我想我已經過這裡了，還什麼都想要，

求合腳的鞋領來求偶的罰單。

2009年7月19日，沙峪口

興凱湖（給阿西）

我們也裸身下去推波助瀾吧。
一湖兩制。你是你們，我是你們中的我。

俄羅斯也接壤新疆，但毛子不維吾爾。
午餐的白魚來自鐵絲網那邊。

那邊的人不吃這麼小的魚，吃東莞的衣冠，
瀉後的湖面荒涼得像北琴海上的片片衣冠塚。

剩下四分之一的清朝連綴了周邊請願的百衲田，
他們向湖裡尿尿，浪費善款般示威。

我們從北京來就是為了眺望這樣的邊疆？
浩渺早不足以安慰不斷推倒的梳粧檯。

沙灘上烤魚、曬皮膚。我像波浪一樣瀏覽
越曬越白的乳房撐脹博客的泳衣。聽說暴亂得以
　平息。

防波堤上的椴樹、柞樹還在嘩啦啦響。
這裡收門票和西藏賣門票是兩回事。

但湄沱河和湄公河是唐朝的近親。
我滿嘴大蒜味不為躲避藏劍魚的親吻。

2009年7月20日，沙峪口

綏芬河（給楊勇）

同樣，我在外地又過了快十年了。
沒什麼好說的，回到這裡像來到邊境。

街道拓寬了，可並肩如打開生意經；
重建房子了，更高更快更強。

廚房和夜總會的窗都敞向多毛的山坡。
放心，本地木筷全是俄羅斯紅松剝出的

俄羅斯長腿。外地郎也來進口滾圓的屁股，
他說，「我好玩好車，因為我都破產好多回了。」

一二個本地文人，熱衷於吐納中年的
離騷氣，酒量越境後，電話全打向北京。

嫌火車站百年太短，要把鐵軌鋪進切爾基佐沃，
解救那裡正被圈養的黑心棉和溫州鞋。

莫斯科靠罰款和沒收來保護大自然的自尊？

老百姓不幹了，在臥室遊行，來這裡烘濕被子。

不管是中國人、越南人、韓國人，回來後，

都說：那裡的少女太美，婦人太仁。

2009年7月21日，沙峪口

波特曼西餐廳

唱片還嵌在柱上。
牆在抱柱。

樓梯不等婉約按時來討價還價。
咖啡還在。衣袖帶出桌面黏稠的漣漪。

是呀，戰爭已結束，有人躍上
柱子頂端，張開了翅膀和弓箭。

侍者微笑著，用刀叉盤碟
來為你描眉、撲粉和抹口紅；

把你裝扮成賣花姑娘，
賣著別人送給你求歡的魯冰花？

是的，也許你只欠我一句戲言，
用於馴服這沙拉中翠綠的老虎菜；

但格言第一次傷害了蹲在一旁
自尊的甜點。可以不冰淇淋，

不可以不巧克力，因為未來不再來；
路燈應和錄音省略了人聲。

2009年11月22日，金盤

松花江半日

太突然，暴雨從江面噴進天空的燒酒瓶。
風越過頂點，塗抹新胎記中的柏拉圖。

鐵橋如單槓，懸著從對岸遊樂園來接力
遛彎的信封。火車收割皮下疊傘的浪。

防波堤上小賣部的鐵皮簷在樹下眨著眼，
雨流進櫃檯，雨腳被緊攥的手心點燃。

防洪紀念塔尖在褲兜裡的火車票上列印
日期，街邊豎起上釉的手指邊織邊撕

紙牌裡的蜃樓。你指點的迷津在冰糕裡。
雨點如零錢，足以購買雨衣裡套娃的

虛心。她撥著腰上的痣給一座島打電話，
落地窗如潛水鏡，罩住水管的波形鼻。

渡船不分你我，計程車撿漏你我的出神。
對岸有一個公社，此地缺一台洗衣機。

飛機雕琢了一個巨大的浴缸，青澀香皂
被饒舌的水球絆倒了。花壇不是郵戳。

2009年11月26日，金盤

啊，生活

建築把自己固定著，像面膜。
你曾在這裡睡眠。

……睡眠就在這裡。
畫布上危險的微笑，誘惑了

睡神，來倒彈蕭邦。
銀質燭臺慢慢脫去蠟質長裙。

灰藍漆布書被烤得發紅，
吊燈吸引爐灰之白。

落日掏空的咖啡壺像個短暫停，
還有一點苦，在甜點裡。

紋著蜘蛛的背在泳池裡繼續鈣化，
像一片檸檬浮在杯中。

男生們在街上睡著了，
傳記轉動著青蔥的頭顱。

銀河什麼也沒穿，穿過鎖眼，
來到一個毛線編織的和弦前。

2009年10月22日，沙崙口

過雞西

這裡的煤很黑，
女人很靚，用腰帶束胸。

這裡的城市太小，
我在海南遇見的她們像來自日本。

這裡的男人吃冷麵時，
礦燈夾在褲襠裡，像打包的辣白菜。

這裡的街道略顯沉寂，
女人新染的金髮，使美髮店保持光亮。

這裡的小車大都掛外地牌，
警察加熱著帽子上塗黑的石墨。

這裡的土地不生產浩渺，
玉米鼓起肱二頭肌，大豆墊高胸乳和屁股。

這裡的土地只是一層皮，

隨便挖個洞，就能摸出兩片樹葉般焦黑的塵肺。

這裡的地下比地面更遼闊，

活人爬下去放屁、拉屎，死者爬上來索賠、上訪。

2009年11月28日，金盤

夜宿山海關

明清還是清明？牆內統一仿古，
牆外如關內。釘在城闕上的高跟鞋，

像隻鳥，飛到這裡，順便回頭
給暴走族們焗染過的假髮理髮。

古代史說到斷腸處，莫過於
在旁邊的高速路上因噴嚏而爆胎。

自然給人文戴一副綠手銬避孕，
滿城洗浴只為一個人備好涼菜。

老龍頭的波浪在波浪間推杯換盞，
一抹細沙，吃起伏肥臀上的流水席。

剩女佔領屏風，比拼無形的無聊？
差一點和差異點恰好彌補鈍角之鈍。

刀槍都鑄了戒指耳環，農業靠滴灌。
我想睡，尿巷子卻來套我逃禪的腳趾。

被子被煙燒出一個洞，可抽絲剝繭放屁；
電視裡，假妻假聲假氣地翹起二郎腿。

2009年7月23日，沙峪口

近十年

街盡頭還是松花江，
至少已被污染過一次。

更遠處地震了。
那對小青年還在小車的後座上起伏。

畫像的向畫教堂的借火點煙，
燒出了畫上的眉毛。

牽狗的和買大列巴的都揣份晚報，
昨天的失物，今天的頭條。

雨招領了濡濕紙筆，
電腦又照本宣科地畫出一半臥室。

那個人上了計程車，
跟在身後的飛機像墮胎後的潛艇。

我把火車站被改裝成冷飲店，
借冰箱保存火種。

十三經和二十四史，
剛好三十七，剛好二十一！

2009年8月23日，沙峪口

深圳行（給張爾）

※ ※ ※

空姐退役當了特警？手槍噴蜜兼噴火。
水床當飛毯，蜘蛛精滅火像蓮蓬頭吐絲。
你赤裸裸如吃果果，咬開地鐵的拉鏈，
燈罩胸罩，扣在頭上。嘿嘿，主席也可
兼職飛行員嘛！可褲襠裡打傘的和尚
畢竟不是傘兵，開飛機來慢得像揉麵的。
飛機不是麵的，章魚般穿過雲之內臟，
軟塌塌地懸在歡樂谷，翅膀沾滿花生漿。

※ ※ ※

石英砂扮瑞雪，聖誕老人扭著樹脂腰，
挺著冰瀑鬚，送禮盒外的看客青青樓書；
長頸鹿的迷你裙，裹住討巧的觸控屏。
電子眼測出港客肚裡小徑分岔的花花腸：
一條通幽，一條通關。移民的卡拉喉
嘔出了一個廣場，一個市民中心，一個
華僑城，一個華強北，和一個二奶村。
這裡女比男多，離婚閃婚，都相煎不急！

※　※　※

蓮花山沒有蓮花。到此登高的南巡客，
濕了腳，滿眼浩渺終敵不過杯中一把火。
不像你：煮酒燒了被子，把妹被雙規。
蓮花上沒有菩薩，他被點化成了山上的
石像，眼睜睜瞅著中軸線聳起次貸樓。
一樓一坑，蘿蔔拔了，蘿蔔絲染白青絲。
開發商活剝上岸偷腥的烏龜殼做政府
大樓頂的展翅蓬。雨和羽毛都落進鍋裡。

※　※　※

有風自海上來：一半平胸，一半肥臀。
孔雀東南飛：民工去東莞，義工去香港。
剩下的，邊打電子遊戲邊車震。路邊
加油站噴出的竟是人奶。我在地王大廈
吃壽司，吞生魚片，看老友換大房時
順便換了同居女，芥末嗆出路人的口水。

電梯帶我去樓頂，飛機剃刀般擦臉過。

不錯，我要去的地方其實是更下一層樓。

2009年12月26日，金盤

喜劇

第一部　在公共汽車上

顧己雖自許，心跡猶未並。

——謝靈運

之一

嗨！雨下到過這裡。

……清醒的槐樹，

一路哭過來。你難免

舊賬新算？趺宕水窪，

敷衍曖昧主觀。

我趕早去偷懶，

車內有個大夢覺。

鐮刀女郎，時髦如觀音。

到靜安莊，夾袖遞來

敲打木魚的接力棒。

車外下了整夜貓狗，

皮毛黏住下水道。

嗨，借你一點踉蹌，
在前年的海府路，颱風後，
續上點魚趨魚步。

之二
我遇見拌巧的毛躁。
北三環陰隨南六朝，
嚥下逗號，和方向盤；
髮卡分開分針和秒針，
立交橋婉謝無聊。

你是乘客和搭客，
每天來鍛煉隨身的
排氣管。碰到拐彎或
急剎車，滿街面膜，
遮住公有制襠裡的寡臉。

我厭煩春天如百貨，
……桃花謝了林紅。

四通橋堵滿八卦車，
櫥窗車窗，兩個峭壁，
臉擦臉地奉承過。

之三

依靠化裝來擠兌，
下一站，或者下一盤？
贏家通吃，沿途的證據，
打包給二道販子
頭版頭條的紅燈綠燈。

分泌汗液，和啤酒的
火燒雲，繡在屁股上。
惡劣天氣熟悉對髮型
做陌生化的人氣處理。
進或退，都錯過中點。

鄰座一對盲友約會，

撫摩磊落顴骨來分辨
彼此改制的器官。
你從江南探險回來，
趕去國貿批發魚鱗。

之四

熬到起點，坐了空位。
司機清理腳下的盲從，
眉毛如誤餐的青椒；
後視鏡，順從地
把西域帶進東邊早市。

閑得太久的雨刷，
抱著太極拳，輪理似的，
蹲在玻璃上無辜眨眼。
滿座落葉新選的領帶，
攪動清咖啡的性感。

真是太巧了！
我們不同車，但同站。
攔路的爬山虎，
眠進你我共用的七竅。
牆因罰站而占了頻道。

之五
有時慢，很滿。
撲向車流的白羊座，
從霓虹燈裡分解光譜。
報紙預報的夜雨，
卡在傳輸車載電視的信號裡。

上車前請提前解手，
有個空間站，改簽到
起點以前了。尋短見的裙，
配合長髮，裹緊爆胎的紋身，
銀色耳機在聽診。心啊，

正單純地越軌。
血管送來各種皮包郵件：
木馬攻打銀河系；
要撤光海淀區的城中村，
建草地，和安全掩體。

之六

卸下這求偶的風火輪，
裝配少年的滑板。
他們逆向人行道撒嬌，
多愁快過美貌。
沒有比這更好的假裝來悅己。

以前彌而頓，現在，
我不用前燈引誘尾氣，
三千剎那磨礪的剎車，
分為嘶啞二乘，
攀上下班的高峰，

拿捏你的液體身段：

每一寸揮霍每一村。

兩邊凸顯的電鋸型樓盤，

整改這馬路的無相邊角；

我和少年，到五環。

之七

站在我前面的你，

不是你身後的我；

我借你的坎坷，

吸引站在我身後的他，

交換些自然的變性。

再借你長腿的網眼絲襪，

腰帶上起泡的銅釘，

幫一旁打盹的

爛菜膀子綁住右手；

他罵老婆，想打自己。

過友誼賓館，到三義廟，
指甲裡留著大鐘寺的喇叭聲。
我們站著認識，坐著分開，
空下的塑膠座，乾癟，
像眼袋。使勁敲吧！

之八

換了你，昨晚的恐怖片，
夾雜報站的蹩腳英語；
橋和口，都是乾的，發動機的長舌，
舔到擠成稀泥的襯衣；
小偷乘機揪腰上的

燃燒的贅肉。
小鬧鐘分泌青春豆，
補綴你我之間的冷盤。
這裡因人多而安靜，
新增的默哀

贏得剛欠的貸款。

你的骨架運轉良好，

心也很好。長街

靜得偏離了軌道。

我唐突來去，討好你的反覆。

2007年6月1-8日，萬泉莊

第二部　夏天

進德智所拙，退耕力不任。

——謝靈運

之一

假想敵，來吧！

蛻皮的長街，

遞來吊車的長臂

偶發的婉轉。

彷彿吊兒郎當，

實地雕琢空虛，

無助於更無聊。

速食店裡的葷素，

借打樁機寡淡的

轟鳴打趣鴛鴦。

夜雨從地產公司

摳出醬油和腐乳，

消防池升起烤魚的文火。

兩個人就地支起胸罩，

把軟雞蛋煮硬。

緊蹲在卡車裡的民工們，
像滿車的煤氣罐，
從樓背後經過；
我爐子上的火苗，
吮吸著，
車胎留下的胎氣。

之二

來吧，假象！
郊區販來野趣，
灑水車捉到一對
裸體的橫眉。
公園河邊的剃頭匠，
想給遛狗的先生剃狗頭。
懂得刀法和斧正，
教我削長堤造句：
腐肉以順勢療法，
饗骨以招魂術。
他的臉一直垮到海南島的

灘塗邊。
這裡，噴泉噴水，
樹蔭提煉屁股裡的岫雲。
夕陽煎熬青山的
婚外戀，藕花低處，
舉報人與自然的汙膩。
兩島間有一副手銬的
插座。我拖欠靜電，
付厭煩以公款，
漣漪帶來大氣小費的大喜。

之三

來吧，假小子！
慣於受虐的暴走族，
迷彩服，墨鏡和波波鞋……
鼻音重，體毛多，
鼻毛也多。
沿途不停地補胎打氣，
（像墮胎又打胎）

新疆或西藏，

招攬青青愛滋

去補防。滄桑地貌，

注射點羊胎素吧，

石油也不錯。

高原群山看坐禪，

單眼皮分泌雙眼皮。

無人處才生悔意？

小感傷的，小情緒的，

同室內樂烹製奶茶，

二重唱，二人扛。

來自江南的小姨子，

刪短信驅寒，手機

像取出的肋骨。

之四

喪家狗，來吧！

來點嗷嗷叫。

睡太久，窩成了窩藏。

趕早去京城賣唱取巧，

鑽秦嶺的褲襠，

脖子上的玉環，

和績優股上的贅疣，

露骨地露怯。

新貴們手心的火線，

勾勒曲池和草坪，

抬後腿撒尿，

抬前腿摟抱，

風景抹殺羞恥來源。

是時候的經濟英雄，

玩笑開到長城邊。

是啊，懲前毖後，

賣屁眼不如賣屁股，

皮帶繫著桃腰，

口眼滴著洩露，

拉鏈長街，褪到腳後跟，

萬里衣領豎一點憐憫。

之五

來吧，親愛的貓貓！

骨頭縫裡肉都都的歡叫：

今夕何夕？拿捏

分寸間宇宙的眉毛。

牛奶也可造紙。

麻雀銜來隔壁櫻桃。

自畫像作壁上觀。

破戒的早餐裡，

拖鞋像一對肉餅，

注腳寬廣睡袍。

洞庭湖的田鼠派洪水

到江西山洞取經，

到山西平原挖煤。

南水北調，江浙話

滑膩得南腔北調。

……你來，你來吧，

不信任變性的蜘蛛人，

不執著技藝的豹變。

伶鬼憐人，人造水池，
切卵蛋形歌劇院。
軟舌搭上政治的香肩。

之六

來吧，指鹿為馬！
臺灣女客聽《梁祝》，
吃回鍋肉，喝鐵觀音，
修密宗，解輪迴……
清蒸魚認丫鬟做親戚，
跑堂的烹了廣袖長袍。
剛生的娃娃魚
嘴裡銜只避孕套。
圖文菜單，畫緣還願。
郡王府，燈籠紅燒著。
隨行小男生，翹偽政府的
蘭花指和八字腳，
浪鼓般的腦袋，
東歪西偏到陰陽兩邊。

此地槐樹吊過女鬼，
（女人喜歡指桑罵槐）
水井招領槍炮遺物。
（一對石獅搶到繡球）
門檻總卡在半生不熟的
患得患失間。
跨過來吧，心猿意馬。

之七

來吧，木馬非馬！
在動物園轉車去美術館，
躍上畫布，看看
好心人的眼睛，
保險公司的鯉魚。
柵欄爛在去年櫻花裡，
滿城車輪，都是黑的，
方向盤套了毛線衣。
代替你的裙子的
鼓風機，和排油素，

為光彩工程請來
一位瘦身的饕餮。
斑點狗合適做污點證人，
尾巴掃描畫屏上的盲區，
舌頭像生鏽的合葉，
滴著你我的口頭禪。
熱啊，槐樹使勁落花。
假山脫得只剩草編的骨架。
天橋上夜賣烏龜，
瑞士軍刀，和各種玩意兒……
偏心於一次跑馬。

之八

……你，也來吧！
夠水深火熱的短褲短裙，
不夠左派和做派。
邀請虎鯊伴舞樓蘭女，
虎牙裝了項鏈釘耙，
不夠性感和康德。

跨過地攤來穿針引線，

夠坦白露黑的觀音飛天，

摸到背上的青藤，

給注水的南瓜貼保鮮證——

保證不是西瓜傻瓜。

泳池邊的衣冠塚，

鉛筆盒裡的灰筆心，

因喬裝而突圍貪婪。

夠兇險，不是愚不可及。

憐憫廉價，預付冰糕，

熱心於討價還價；

書包裡，食指像啄木鳥，

慣於蘸口水掏糖罐。

拇指在手機上拼寫文學。

燕子本不來動物園築巢。

2007年6月27日至7月28日，萬泉莊

第三部　秋天

之一

睡眠釋放重力。

　　齒縫的碎果皮，

　　　　　　果核般脫落。

　　　眼眶歪了，

　　髮髻，帶柄的鳥巢，

　　　　　捲進些灰色鬃毛。

　　魚鱗雲為制度清理塗鴉。

喇叭聲，

　　　給風加一道亮邊，

一道門簾。

　　　紅領巾，

繫在榆樹的

　　　　喉結上。

　　　　　　　　腋窩裡互搏的蘋果，

書包上別致的五星，

　　鑰匙細細

　　　尖叫著，

找到某人，

　　　　來自清澈海南。
　　拖鞋和內褲的氣味，
像空漁簍。
　　襯衣在銀灰色的拉桿箱裡，
　　　　跌宕起伏。
「哪裡去了？哪裡去了？」
弗拉基米爾的京巴狗，
銜來狡兔的皮鞭，
輕柔睫毛，
　　　　使她朗誦。
來吧，跳下來，
　　　　　　高下相傾，
　　……偶爾失重，引力，反物質，
　　擠進立論的黑輪胎。
疤痕，再生紙，膠水，
　　　　　　　　　糊防波堤。
若干攸關囚在裡面。

之二

……你的細枝末節，

　　　　　　死去，

死去。

　　湖底雜草如戟，

　　　　雨飲肩窩升起的盲目三角。

　　滑鼠趴在樓梯口。

含著金匙出生的貓，

　　二手肚兜和護膝，

宿舍樓前，寄你

　　金髮的銀杏葉。

　　　　你的關於掉進去。

　　　　你的煙頭熄滅於如果。

　　　　你的你的是是否。

醫院安排繞口病毒

　　　　　　　　巧妙攪局。

　　　　　　瘦黑藥渣，

熬出老練程式，

　　複製床板上的染色體暈染法，

和沙發裡人猿的吻別。

兩副淋漓髖骨，

漏下一副手銬。鏽補丁，

補充山水童貞。

最好的寫生冊頁，

掛進鳥籠狀的衛生間。

馬桶連接你我的太平洋。

之三

紫色藥片，鐵釘，線團，

在散文中互相問答。

孤僻症，和性虐待者，

想著這些名字：自我治療。

引文，路邊貨攤的，

和電腦裡的。

省略號，

沿隔離帶溜煙跑。

無線電找到論點。

禁區的輕盈括弧，一小塊

語錄的毛邊。（造反如下雨）

治貪的，打顆酸棗吧。

樹上鯉魚也患關節炎。

鰭背上文風樸實，

堆了些空；

在街頭略顯雅觀地

娓娓傷感，

傾吐去年的垃圾郵件：

「舊時光捲了刃，

新生活不精緻。」

夢裡盜汗，手心是乾的，

前狼後虎地隱居。

我們，同類有別。

我刮鬍子，你描眉，

少就是多，標題夾雜個人恩怨。

眉筆出於剃刀，

眉秀於林？

逗號在流鱷魚淚。

治孤高手打桌球，

句號，

　　落到地板縫裂開的嘆號裡。

之四

　　　　　　　　　　　　　　　　　　　……相互找，

　　　　　　　　　　　　　　　　恥和貓在一起。

電磁爐裡，無名火

　　　盤桓美人傾斜的瀏海，

　　　　　　　在蹺蹺板上

　　　　　　　　　　眺望坎坎離騷。

星際間的人際關係，

　　　　　　　　　　　　　　　　瞞天過海的打字機，

　　　　　　　　　　　　　　　　敲出些許遺老遺少。

貓臉夫人穿晚霞的旗袍，

趕一場雲雨誤會。

星期天，

　　　反長的灰指甲，

　　　　　　　　　　　　丈量朝暮的尺寸。

　　　　　　　兩棵裸楊無話找話，

讀《莊子》，互數身上的結巴，

雙臀拓出人行道，

鋪墊到下水道，

自我解嘲。

囉嗦的花鱗，

救批評於熱烈和嫻靜。

要美，要更美，

穿過小行星翕熠鼻尖，

天真之手擰彎臥室的

把柄。

「自然，是藝術的延伸。」

舊牆上滿是釘子，

掛過曆書和相框，

衣櫥迷惑過政治女神。

太清廉了，

身上的老虎紋，

擰得出水來。

……和莫名在一起，

「山高月小，水落石出。」

滿杈滿枝的壞賬，

給親戚，填

菊花枕，

為情敵買一個不倒翁，勿須再動手腳。

2007年9月12日至11月9日，萬泉莊

第四部　彼此

之一

梳洗打扮的，小雨
像拒絕，鏡子，和關係。
小男人，大閘蟹。
高架橋速送各種食物，
一湖試紙不夠澄清
皺紋疊加的，假山水。
紙疊的，豎立的
船形電話亭，
帶觸鬚的軟蛋路燈，
胯裡充電器，純屬多餘。
就近的銀行負責
增值虛名到無名。
你不是上海，
卻笑我從海上來？
旁邊路人，漚爛了貓臉，
屁股上的口袋，
裝了飛機上寒磣的雨點。

之二

石拱橋焊接彼此的不解。
橋下有水流向你，
如果你剛好騎上
爆胎的單車，要出去。
用於突破和變向的亭子，
隔著雕花窗，
扮成乞偶的蕊，
向你招手，向池子
典當首飾和衣袖的迢遞。
有時不合適，不如意，
搭配單獨的漣漪。
旅館浴巾鋒利，
裹擦岸邊偶借的塔身。
香皂睡在腋窩裡。
露水養著千年蟲，
蛀壞了鐘聲，
和一棵玻璃塔松的尖頂。

之三

「是否」像個雪球妹妹，

啞鈴提醒「必須」。

烤肉上橫的流油，

和頭巾上繡的巴旦木，

蹩腳的行星注解「消息」：

……教義是家法。

欲望清苦，中年時，

才想到巍峨割禮。

你喜歡她飽滿的臉，

和胸脯，高挑的，出土的

匈奴身材。寄自拉薩的綠松石項鏈，

飽含清真寺的邏輯之光。

在奧依塔克，車被山洪抱住了，

雨剃著鞋底的輪胎紋。

她父親是個公安，

母親在喀什繼承到一顆狼牙、鷹眼和鷹爪，

都給了她。

之四

狐香的飛天上了年紀，

借助手電筒，她的溝壑，

留在煙熏的土牆上。

空調掏空悶熱的莫須有。

在這裡尋歡到骨，

夏蠶的精液描靚眉。

心事幽涼，叮噹的空氣，

強迫你擰緊胯下之辱，

把海南女客的鰭，

租給樓下小雜貨店做雨蓬；

自己摟著魚泡充氣。

驢肉黃麵量大撐胃，

筷子像溫度計，

預熱本地風味涼菜。

前身明月，在床頭獅吼。

附近沙漠有座舊山，

斑馬線縫在褲腿兩邊。

之五

倒車時，屁股被輕微撞了下。

剛結束的，被前插的快感，

足以應付交警的罰單。

激情戲提煉精神潔癖。

醒在車上，像個傘兵，

嘴裡含著浮雲的乳頭。

蔚藍的睡衣，

晾在霜淇淋的皮膚上。

沒想到錦瑟的機關裡，

突然蹦出隻野狐狸。

花心刺客，砍削她鼻尖上

填詞的天賜白堊。

手指捉到些例句，

有時，也用於修補漏水的

海底。書如沉船。

車在波浪上開。

寫作，而不求甚解。

之六

不是厭倦。訓詁學
女生的皓腕雪，
拓印手鐲上的電子郵件：
……某星球失火，
青蛙王子變普羅米修士，
用進化後的尾巴，
自己反鎖在女像柱上。
……今夏到處是洪水，
直升機從屋頂抱起
一窩窩生雞蛋。
緣木求魚。掛在枝頭的，
政變的枕巾和胸衣，
像個漂白的烏托邦。
幾個人擠在顴骨上，
肚臍們，撞黏在一起——
呵呵，男生的機器貓，
被誰的中指強姦了？
房屋倒塌，脫鎧甲，摳瘡疤。

之七

攝影師在你我之間
放上些匆匆行人。
「我是那一個？」
壞笑，背後給你寫信。
去火車站，接或送，
山河改了身上的食道。
組裝的電腦認出原配女友，
笑過後，鎖骨裡漂著
紙屑。夏天腫脹的電流，
飯館的燈，熄了又亮，
風給酒送來第三者。
你是孩子，白天用牛奶
擦身，晚上再火浴——
兩者的差異，花瓣做的
夜漏，漏下沙，沙。
折疊尋找負數的水平線，
……尺度是潦倒者。

之八

人性，給宗教和革命的

藉口，抹辛辣口紅。

母女倆分享著性別的快樂，

往購物袋裡裝水果。

婚禮上咬碎的半隻，

在男人體內長出了樹。

猴子從枝椏墜地，

再也追不上烏龜了。

因明僧操打狗棒，

點化麵包和電視，

不男不女，才是紅牌天使。

乞丐盤裡的紙幣，

燈罩般開裂的果皮。

她們收集新人衣領上的

彩屑，杯中的殘酒，

餵蛇皮口袋裡的胚胎。

賓語，反作用於你。

2007年4月26日至9月6日，萬泉莊

第五部　反對

之一

安慰關節之亂，
　　　　　　本命年懲認悔意。
（瞎子二重唱，
　　　　　　爭辯一根筋）
大象鼻插假花，
招搖過街，
玩弄修辭後的因果緣。
　　　　　　　　　　鼠肉中的牛黃酸，
誘惑貓。
　　　襪子演繹注腳，
　　　　　　暗使騰空術，
落地嬰兒，觸摸顯示幕，嫩指
　　藍如魚鰭，窮盡核糖裡的
　　　　　　　　　　　　　池塘。
　　　　每個地點，假設和
　　　　　　　　　　　鐘擺；
　　　　　　　　　　　每個人物，
　　　　　　　　魍魎，和迴響。

泡沫雕刻蜂巢，

火藥做成餡餅，

直升機提煉性慾，

月經帶繫住瀉洪閘，

猴子裝孫子。

細酒瓶頸塞進鑰匙孔。

傷感的超聲波，

被肢解的，

……廣陵散。

臉上脫落大理石顆粒，

碳酸飲料裡，

環保因子，腐敗分子……離子，

致敬吧！

捏合方便液體的各個棱角，

安慰嶙峋顴骨，

拆遷峭拔釘子戶。

水泥是是而非，鋼筋求莫名堂。

之貳

整形大夫的肥厚舌苔，

　　舔門板上鬆弛的

　　　　　　　土漆。

　　烤瓷牙，咬中指的香蕉。

　　　　潛水艇採集血樣，

　　　　　　互贈珊瑚礁。

變坡為坎，地產給產地隆胸，

　　　　　　　後門開在襠前。

　　　　　　麻醉術和麻將術，

　　　　官能症和神經病。

　　對手善於遛狗，

　　　　　　　捉放曹。

逢場作戲，男扮女裝，

　　不剃眉毛，不打赤腳，

　　　　燒政策的關節炎，

　　　　　　拇指戴安全套。

　　　　　　　　人壽保險，瘦身計畫，

大白菜的價格，

小白菜的身材。

球形燈，光線是直的，

新月之弧焊接胎記的蘋果派。

手術刀閹割大白天和小洞天，

肚腩補寡臉，

撲克牌套現，

通吃大小地圖。罐裝的粉底，

生撲注水的風乾肉。

鼻子再高點，直些，

墊塊絆腳石。美，

勝於不美。將就

和意外翻臉，

抽脂策反填膠。

匯率下調，通貨膨脹。

滿街活拔胸毛鼻毛，鐳射穿耳，

割包皮，人流，

不打針，不開刀，不痛，不流血。

之三

諾許給氣候一個回報。

烤生蠔，拌芥末。

不檢點的公分母，餐桌下

求偶變。

垃圾股還要補倉，

水龍頭戴綠帽。

男蝦女蟹，蒜泥和醬油。

愛整蠱的蝴蝶結，從暖氣中

遞來霜淇淋。

夜攤多鴿粥魚煲，

大小提琴互揪屁股。

老派影星在牆上

裝嫩。

電視裡捕鯨，

最好的波浪，裝點雕像頭；

最好的海，

灌裝給炒房團。

網上熟女養了藏獒，

內陸河分泌

狐香。

給出零距離，指南針穿過蒼蠅鼻，

鳥喜歡繞尖頂飛，

漁家打殺，玩家買單。

刷卡機的淺槽，

不必要的彬彬深度。

假面舞會認識的故人，

手腳變化快於

佛跳牆。

廚房暗藏天象，

脂粉氣少，案板菜刀，

相忘於

蒸炒，

諾許諸般滋味一個有機大同。

之四

唉！這麼說吧，

青春向晚，

還沒合適杯盤

盛討來的寒磣午飯。

不安，克己，

麻辣剎車片，

欺生熟男的

軟黃金。

千里客恐高。

蛋白質女孩，目擊道成，

見佛殺佛。

詩是逃。

可恥也是可恥的。

發明一個風箱：詩忌論道。

過於陳舊的滅火器，

噴泡沫磨鞋底的

陰陽文：

詩非禮。

附弄風雅，自釀美刺合乎他山

錦繡。

白幟燈偶扮白臉，斷電後，

北京海南，互生聊齋意，

打發變頻的排浪，

往返於衽席衣襟間。

新疆是謎，成都是惑，

狐狸戴墨鏡，

詩是魅。

拳頭浸在沙漠裡，

是海甸島。

碼頭瀰漫水滸氣。

童年餵狗。

少年餵豬。

青春餵貓。

詩緣情，正於邪。

水雕莫須有的髫鬟，

和岸上露水夫妻，臨淵羨魚。

2007年12月5日至12月11日，海甸島

第六部　附註

之一

海鳥銜來對面的尖頂，
花骨朵裡跌坐馬達。
聽聽，車胎來採地氣。

慢跑者，抽脂，燃膏，
踐巨人跡，吞卵蛋，
夜夜兜售褲襠裡的膘。

我不相信連它也老了。
俏皮話還能體察出
媒體的深度。偉大的，

有須莫肉，行山表木，
在浴室定高山大川：
九州攸同，雀斑一點。

龜兒子繞椰樹跑圈圈，
坐懷裡不亂，指頭，

也是器官，蘸泡沫吃，

套鍵盤冶煉的救生圈。
先生不生不死，有
土德之瑞，故號黃帝。

之二

海水修著沙發，裝傻。
煙囪斜向裸泳沙洲，
蚊香餵飽了隔夜的狗。

花襯衫下有花花紋身，
噴嚏裡藏娉婷八卦。
露臺鹿台，白魚黃鱔。

剝蝦衣，反扳蘢蟹腿，
炮烙生蠔要抹蒜泥。
心有七竅，溫柔一刀。

蹊和蹺分開，橡皮擦
敷衍毛月亮：陽伏
而能出，陰迫而能蒸。

藍唇膏修補防民之口，
辦公室被建在私處。
隔空招商引來雙氧水。

雨中，遮陽傘戳雨衣，
借打火機，點烽火。
她吃香煙，我吃啞巴。

之三

你是我們。閃腰和疤，
治好酒池肉林之花。
獅子狗嗅地上的人性。

蹲榕蔭護短街如包廂。
海風警察，不驚詫，

不盤查落葉，兼打碟。

二胡兩弦，各抒己見：
浪花前扔的零花錢，
從哪裡來？到哪裡去？

政由方伯，典出中央，
雙色球眼冒七星彩。
速食店可單點，單炒。

男人掏出芒果、香蕉，
炒的臘肉，不海鮮。
酒店是包廂的衛生間。

機動三輪車欺生人力
三輪：在門口卸繞
口令：嗡嘛呢唄咪吽。

之四

雨吃踏花被，剩序跋。
小平頭搭錯腿和題。
小汽車掉頭揮發醋意。

臭鮑魚在書包裡佈道，
誰偷了女生的口臭？
巧克力，濕漉漉時軟。

約好夜半爬假山賞月，
鎖骨美到肉中看劍。
無邊胸衣，鳥書同文。

欄杆，紗窗，和檳榔，
彷彿打扮性格偏僻，
習房中術，喚娘娘腔。

睡衣裡宮殿婀娜逶迤。
壁虎吃水銀，吼聲，

炸開腰帶頭的毒軟體。

爛賬，爛賬，鬼打牆，
下水道掀開藥單子，
洗刷床墊裡巧舌如簧。

之五

過海，或過江？舞文
弄墨，美人歌空帳，
小費經濟過大是大非。

少小離家，炫耀多少
地方誌？批管改弦，
送南北一車大風嘻哈。

這是湯沐邑，大風俗
服膺於外來的小資。
街衢振振，灑掃風雅。

千里重瞳，飛機美髯，
樂趣不在禮義廉恥。
擲骰子，五體分五地，

中間的鴻門開向鴻溝。
電影院的數位光電，
和啤酒花繡的花間集，

贏得硬幣翻身。海鷗，
翻看舌下的魚求偶。
垓下，膝下，足下沙。

之六

我記仇。不記真天真。
圓臉小妖，鉛筆芯，
盛裝出席孤島的派對。

超聲波揉鎖眼裡的顫，
領帶維繫閨門衙門。

變頻撒尿，散點透視，

血汗錢存進水墨樓盤。
節日裡，互敲器官，
她吐絲，腰佩延陵劍，

扯黃曆擦麒麟的屁股。
鬼天氣塗抹鬼門關，
蹺蹺板測魍魎的高度，

洋娃娃和小熊在跳舞。
因果核中有顆流星，
取自你的下巴和髖骨。

鐵打的硬碟，流水的
網站，我不扮敦厚。
鎧甲馬甲，之乎者也。

之七

忙於換檔，內衣外穿，
沙盤裡的魚蚌遊戲，
熱烈冷餐會，婚外情。

烤箱把風浪熨成豔照：
你還是有一點滄桑，
外灘不遠，鐘樓中庸。

國大如小鮮。烹飪術
讓回鍋肉噴草木香；
風度附在引擎上發酵，

油壓表跳躍法度之美。
受制於變相，積木
不情願地搭建了戲臺。

主角善逢場挖掘樣本：
超市出售即興風景，

購物狂清談前列腺炎。

唇膏真話假說般多情，
面膜固定著小江南。
六隻鳥，六天的插敘。

之八

亡國人袖中花柳無私。
清水煮面，三折股，
健身房排練前夜後戲。

牙刷當雞毛撣，面目
依稀，可辨啞鈴疼。
尿憋到別處才解新恨。

清理口臭的報紙報料：
第三者醉臥邊境線。
兩國交兵，不斬來使。

你搬到你的芳鄰之遠，
清晰發音竟然弄混
炸藥和照耀。必勝客

被帶到臨時辦公桌邊。
又十年，玩網遊的
江湖省油燈，近視了。

或者是現實太原生態，
稍稍走樣，就偏離
仁義禮智信的Ｔ型台。

2007年12月22日至2008年2月21日，海甸島

跋　自白書

蔣浩

寫詩經年，我從未認真想過我為何寫詩，像我從未想過我為何是一個人而不是其他。我知道我的身體髮膚受之父母，但詩歌卻又似乎連一個曖昧不明的源頭也難以發現。我知道我現在還在寫，將來也會寫，只是節奏的快慢和數量的多寡。這些年，我也偶爾會去想詩是什麼。一段時間以來，我竟然真的相信了詩是文明的一部分，是不可中斷的歷史。這種突然了悟到的清晰力量讓我滿懷道德和激情，勤於捨我其誰地喬裝打扮，有了下地獄的勇氣和決心。但現實卻是，我彷彿是要去參加一個類似開幕式的酒會，在推杯換盞的觥酬交錯間隙，那種個人主義的眩暈和集體主義的喧嘩帶來的深深的厭倦，卻又讓我惴惴不安起來。我的堅定清晰的歷史觀漸變成越來越強烈的懷疑和虛無主義，勢必要讓我開始不合時宜地回頭來看我是如何寫詩寫到今天的。我知道，常常是自己才可以騙自己。

早年習詩寫詩，會多半因了那麼一點點可憐的閱讀就開始望文生義地憧憬詩人虛榮的生活。我生在一個很小的淺丘陵圍凹的村子裡，那時天天開門見山的憧憬常常是翻越和飛翔的式樣，彷彿不允許我要用各種手段去試探生活的曲折和奧秘。我很小就渴望長大，像古人一樣廉廉有鬚。我覺得，詩是一條天然的捷徑，它從看不見的古代的鄉村外可以輕易地連通到現在的家門口。我很早就決意要做一個詩人，不僅僅是文字帶給我的節奏、圖像和捉摸不定的字片語合轉換的遊戲魅力，我更輕信了我一時的智力和願望，把詩行等同於我離開此時此地的一對伊卡洛斯的翅膀。我終於如許離開了那裡，可離開得那麼晚，我對親人和家鄉的感情因此而難以有更峭拔的尖銳感，至少現在的混沌得以讓我忍受苟且於虛妄未來的些許樂趣。因此，我決定要拿著自己的文字不是去世界趕路，而是去雲遊：所到之處有酒喝，有床睡，有山水看，有城市玩，更有朋友陪……我感受到這可能是一種詩人最應該獲得的尊嚴。詩歌像是青春期的投名狀。我不知道具體是哪一天，我竟然真的上路了，那時寫的詩的第一行往往也像是捂著胸口、豎起腳跟寫下的，有著迷茫的眺望色彩。混進學院後，才知道這樣的想法固然浪漫風雅，但所謂的詩歌事業從來不是那麼妙手偶得之，我因此愛上了閱讀。好東西總是啟發我躍躍欲試，好的模仿才是硬道理。

既然是早年的突圍式的要漫遊，我不知道是什麼圍住我，讓我不相信生活，以至於我從不考慮建立在生活中的破立背反。我那時把事物簡單地劃分為表皮和核心。詞語是兩色。詩直取核心。我這樣粗淺地刪繁就簡，因避免為文的錯誤而規訓自己為人的言行，自我和自戀的遊戲到極至儼然是貧窮的宗教。一段時期，很有輪廓的大精神救了我脆弱的方向感。但那不是詩。我從沒有主動過要尋找詩意，因為以前的閱讀教育我，要向自然請教，須在自然中。我並不明白一廂情願的閉門造車是否真的就是新青年必須的舊愁緒。我邊寫邊毀，很快就到了三十歲，從成都到了北京，又要離開北京了。其實很可憐，沒有家學滋養，名校栽培，前輩指點，一切都是盲目自大地自力更生：懵懵懂懂地交友，憑性子地閱讀，靠偏見來辯駁……原以為「直取詩歌的核心」的核心也只是個漂亮套娃的虛心。一段時間，我像有人所謂的語言本身那樣沈默少言，寫作也變成了心疾，不愉悅，更不指向心和疾。那種單純用勁著力的鄉村原始藝術也到了推倒重來的鋼筋水泥的基礎建設。

我知道我得從冷靜地訓練自己的觀察開始。我想要相信：觀察是藝術的根本。我去了海南。從視覺上，我認真地想像過一座島嶼在海中的狀態，泡在水中向下延伸的根之力也抓緊我，遼闊海底只是一個有限的背景。為了尋找這個有別於當時的詩壇遺風和遺少們創造或佔有的一手二手的背景，我有意識地扳轉了我的閱讀，被尋找的背景也是前景了。我把傳統的典籍和這海水放在一起觀察，方法上顯然又不拘泥於現成。而思想上，我困惑於我們的生活和具體的個人為什麼變成了今天這樣子，彷彿從沒生活過，我懷疑悲哀只是個人的不濟。我的困惑培養了我突然的民族、國家、社會等其他意識形態。我知道，我來這裡並不是看海是海，看山是山的。既然每一步都是回不去的，我就開始用傳統來貪戀遠景，也常常有意無意地旁遊到某些荒山野島花花心，練練手，露露怯。我的胃口影響了身體的發胖，文字的刁蠻顯得正不壓邪。一些不大不小的個人發現帶來愉悅的同時，的確遮蔽了我的困惑。我的詩似乎有了個物理性的背景，可即興和自戀的山水畫並不能帶來真正的體積感和反思的重力，特別是我一直嚮往的詩：作為教育、訓誡、承載「斯文」的法度謹嚴的容器，她和我所處的時代的摩擦產生的熱能，輻射到我分分秒秒的大迷惑大清醒中。這想法的確太正經太老土太可笑，但可能是唯一能安慰越來越虛無的生活的真實激情。

我知道我又把詩想錯了，犯了崇高化加擴大化的錯誤。但誰又想對了呢？我決定開始要用幾套器官來寫詩：這首詩的目的僅僅是要反對我的另一首；那首詩的作用僅僅是無聊得有趣；另一首像個孤兒，期望讀者領養，或者領養那些過於幸福的讀者……我給自己變花樣兒，忽悠枯乾的心靈。那些花樣兒偶爾會美好得讓我內心滿溢恐慌。我不再去考慮本我、自我、他我、一切我的問題。獨善其身是多麼的難啊！我的悟道開始誤導我。我說，我再放縱下，再沉溺下，我感官得還不夠，誤得還不夠遠。我沒有寫出我想寫的。我去了新疆。但我的身體開始厭倦風景了。我沒有能力要它們順從我的想像來展開風情，我讀過的書也不夠把我牽引到所謂的事物的深處。我開始對人重新有了興趣。

我又無處可去不可避免地回了北京。我在我以前住的地方繼續住。新生的舊地，治療性病的小廣告、不開刀不流血的人流書和不打針、不痛不癢的割包皮全換成了出租求租房屋的活頁單。現實才是真實。我寫《喜劇》，快走到以前的反面。我挖掘我的本地的抽象的反諷和無奈。我把詩寫得像街道縱橫交錯地長。我控制我的即興和抒情，像試管控制試管嬰兒，長出來的還是一個小盆景，床頭燈照盡了篳路藍縷的枝枝葉葉。我像以前一樣沮喪，甚至對語言的敏感也因這莫測沉重的相互黏連而失去了她搖曳生姿、左顧右盼的空間。我漸漸地發現自己又來到了一個衛生的死角。我希望的詩歌的補救終於沒有出現，反而是南北那麼長排列的失意的烽火臺。我不能停下來，記憶的功能其實是遺忘。我越來越沒有了詩的性情和文的素養。我不去發明所謂的父親，發明和發現都是一時瑜亮。詩，乾乾淨淨地，飽含著用於自慰的諸般解痛劑，讓我延續以往和遺忘。很多時候，我想擺脫她。我的受控的成長其實是寫了些近於傷感的小悲哀來裝點自己看起來還有病呻吟的菩提心。還好，清風明月不用一錢買，因意料的無價而意外地釋然了。責任感少，倒是越來越接近自由了。而這難得的每時每刻，都像是可以放開手腳凌空虛蹈的工作臺。

但詩是什麼？我期望的詩是什麼？我終於知道生活是大於藝術的，她靠驗證言語的真實性來體現自身虛幻的不及物。我以前保有的雄心，現在看來也只是虛無的一個小側面，連角都不構成。我比我熟悉的一小群朋友體會到這點更晚，露出的無奈樣比可笑還荒誕，自然影響到以前詩歌的面目：簡陋的理想除了有點傾向於唯美的相思病外，剩下一堆無用的、熱情燃燒的修辭，卻被自詡為變化和活力。我現在不相信了，很武斷，關於詩歌的任何說辭我都寧願不相信。我依賴於垂直的生活，近景和遠景，只是一種上和下的關係。詩，像一次次地理大遷徙，走來走去，衣袂之風脹滿的也不過是屋子的角落。但我喜歡跳房子的遊戲，雲深不知處地魚躍。撕開的雲像一根根舒展的撐杆，寫作無異於緣木求魚。

2008年8月28日，沙峪口

（此文係因友人「今天，我為什麼寫詩？」命題而作）

語言文學類　PG1016　中國當代詩典　第一輯 11

唯物
——蔣浩詩選

作　　者/蔣　浩
主　　編/楊小濱
責任編輯/鄭伊庭
圖文排版/王思敏
封面設計/陳佩蓉

發 行 人/宋政坤
法律顧問/毛國樑　律師
出版發行/秀威資訊科技股份有限公司
114台北市內湖區瑞光路76巷65號1樓
電話：+886-2-2796-3638　傳真：+886-2-2796-1377
http://www.showwe.com.tw
劃撥帳號/19563868　戶名：秀威資訊科技股份有限公司
讀者服務信箱：service@showwe.com.tw
展售門市/國家書店（松江門市）
104台北市中山區松江路209號1樓
電話：+886-2-2518-0207　傳真：+886-2-2518-0778
網路訂購/秀威網路書店：http://www.bodbooks.com.tw
國家網路書店：http://www.govbooks.com.tw

2013年9月　BOD一版
定價：310元
ISBN　978-986-326-173-5
ISBN　978-986-326-178-0（全套：平裝）

國家圖書館出版品預行編目

唯物 : 蔣浩詩選 / 蔣浩著. -- 一版. -- 臺北市 : 秀威資訊科技, 2013. 09
面； 公分. -- (中國當代詩典. 第一輯 ; 11)
BOD版
ISBN 978-986-326-173-5 (平裝)

851.486 102015892

讀者回函卡

感謝您購買本書，為提升服務品質，請填妥以下資料，將讀者回函卡直接寄回或傳真本公司，收到您的寶貴意見後，我們會收藏記錄及檢討，謝謝！
如您需要了解本公司最新出版書目、購書優惠或企劃活動，歡迎您上網查詢或下載相關資料：http:// www.showwe.com.tw

您購買的書名：＿＿＿＿＿＿＿＿＿＿＿＿＿＿＿＿＿＿＿＿

出生日期：＿＿＿＿年＿＿＿＿月＿＿＿＿日

學歷：□高中（含）以下　□大專　□研究所（含）以上

職業：□製造業　□金融業　□資訊業　□軍警　□傳播業　□自由業
　　　□服務業　□公務員　□教職　□學生　□家管　□其它＿＿＿

購書地點：□網路書店　□實體書店　□書展　□郵購　□贈閱　□其他

您從何得知本書的消息？
□網路書店　□實體書店　□網路搜尋　□電子報　□書訊　□雜誌
□傳播媒體　□親友推薦　□網站推薦　□部落格　□其他＿＿＿＿

您對本書的評價：（請填代號　1.非常滿意　2.滿意　3.尚可　4.再改進）
封面設計＿＿　版面編排＿＿　內容＿＿　文／譯筆＿＿　價格＿＿

讀完書後您覺得：
□很有收穫　□有收穫　□收穫不多　□沒收穫

對我們的建議：＿＿＿＿＿＿＿＿＿＿＿＿＿＿＿＿＿＿＿＿

＿＿＿＿＿＿＿＿＿＿＿＿＿＿＿＿＿＿＿＿＿＿＿＿＿＿

＿＿＿＿＿＿＿＿＿＿＿＿＿＿＿＿＿＿＿＿＿＿＿＿＿＿

＿＿＿＿＿＿＿＿＿＿＿＿＿＿＿＿＿＿＿＿＿＿＿＿＿＿

請貼
郵票

11466
台北市內湖區瑞光路 76 巷 65 號 1 樓
秀威資訊科技股份有限公司 收
BOD 數位出版事業部

....

（請沿線對折寄回，謝謝！）

姓　　名：＿＿＿＿＿＿＿＿　年齡：＿＿＿＿　性別：□女　□男

郵遞區號：□□□□□

地　　址：＿＿＿＿＿＿＿＿＿＿＿＿＿＿＿＿

聯絡電話：(日)＿＿＿＿＿＿＿＿＿＿(夜)＿＿＿＿＿＿＿＿＿＿

E-mail：＿＿＿＿＿＿＿＿＿＿＿＿＿＿＿＿